全民微阅读系列

# 自由行走的油菜花
ZIYOU XINGZOU DE YOUCAIHUA

邹建玲 著

江西高校出版社
JIANGXI UNIVERSITIES AND COLLEGES PRESS

图书在版编目（CIP）数据

自由行走的油菜花 / 邹建玲著 . —南昌：江西高校出版社，2017.6
（全民微阅读系列）
ISBN 978-7-5493-5529-7

Ⅰ. ①自… Ⅱ. ①邹… Ⅲ. ①小小说—小说集—中国—当代 Ⅳ. ①I247.82

中国版本图书馆 CIP 数据核字（2017）第 123373 号

| 出版发行 | 江西高校出版社 |
|---|---|
| 社　　址 | 江西省南昌市洪都北大道 96 号 |
| 总编室电话 | （0791）88504319 |
| 销售电话 | （0791）88592590 |
| 网　　址 | www.juacp.com |
| 印　　刷 | 北京一鑫印务有限责任公司 |
| 经　　销 | 全国新华书店 |
| 开　　本 | 700mm×1000mm　1/16 |
| 印　　张 | 14 |
| 字　　数 | 160 千字 |
| 版　　次 | 2017 年 6 月第 1 版<br>2020 年 7 月第 2 次印刷 |
| 书　　号 | ISBN 978-7-5493-5529-7 |
| 定　　价 | 36.00 元 |

赣版权登字-07-2017-574
版权所有　侵权必究
图书若有印装问题，请随时向本社印制部（0791-88513257）退换

# 目 录

### 第一辑　故乡如梦　　/001

丫头的春天　　/002
故乡云水遥　　/007
春暖思念瘦　　/010
自由行走的油菜花　　/012
七月半,夜阑珊　　/017
外婆·老街·小桥　　/020
月满中秋　　/024
我怎么阻止一场雨的肆虐　　/026
垄上行　　/028

### 第二辑　生活如茶　　/031

唯愿抱香枝上老　　/032
二十有爱,四十有范　　/034
倾我所有去生活　　/037
忧伤的小调　　/039
"衣衣不舍"　　/043

001

合欢花开　　/045

口胃生活　　/047

花草年华　　/049

家居桃源　　/053

我为书痴　　/056

月儿弯弯　　/059

你若盛开,清风自来　　/062

懒得寂寞　　/064

快乐小屋　　/067

月轮穿沼水无痕　　/070

滴答,滴答,滴答答　　/072

花间的心事　　/075

我若不殇,岁月无恙　　/077


**第三辑　山水如画　　/083**

行走在人间四月天　　/084

我看青山多妩媚　　/086

港澳游,摇落的异域风情　　/088

陌上,秋色如歌　　/094

千年银杏,有一种遇见叫山长水远　　/097

石刻时光　　/100

漫山红紫竟芳菲　　/103

一路晚秋——周巷新龙村小记　　/106

白云生处有人家——笔架山小记　　/110

## 第四辑　四季如歌　　/113

我和春天有个约会　　/114

忽而一夏　　/117

五月,你好　　/119

路过冬天　　/121

浅夏、梅雨和碎碎念　　/123

夏天去哪儿啦　　/126

人间四月天　　/128

听雨　　/131

等待一场雪　　/133

平安夜,愿我们平安　　/135

八月未央　　/138

九月授衣　　/140

寂寞流年锁清秋　　/143

忧在清夏　　/144

也听风吟　　/146

## 第五辑　时光如简　/149

思念在秋水微澜　/150

浪漫的滋味　/151

女人四十　/153

凌波微步心成尘　/154

如花如梦亦如诗　/155

高考送儿声声祝福　/157

心情如莲　/158

犹记那年桃花开　/160

说说陪读　/166

春风半染香樟绿　/170

时光如简　/173

十字·时光·绣　/175

我家有子已长成　/177

宝贝，生日快乐　/179

梦回大唐爱　/181

搁浅　/183

家书抵万金　/185

天上掉下个林妹妹　　/187
惑　　/189
秋凉　　/191

## 第六辑　网事如烟（版主篇）　　/193

从此,柳如烟　　/194
二月春风才剪柳　　/196
闲看云舒云卷,致我们终将逝去的2013　　/199
龙腾虎跃,向幸福出发　　/202
来来来,如烟和你有个约定　　/204
青春作伴好还乡　　/207
网事如烟　　/210

## 后记　　/215

# 第一辑

## 故乡如梦

# 丫头的春天

## 1

春,说来就来。

持久冰冷的倒春寒,一挥而散。周末,阳光灿烂,蜗居的人,如放飞的鸟,不约而同冲向郊外。

一走出小城,是辽阔,是惊艳。满畈绿茸茸的草,乍开的桃花,才剪的细柳如烟,小小的蒲公英,更有大片大片的油菜花,远远望去,黄得流畅、灿烂、一尘不染,舒展得连个风的皱褶儿都不打。

姹紫嫣红的春,如前世的约定,一夜间开满沟沟畈畈,眼前所有的景象,闪亮着,跳跃着,连绵着,恍惚之中,儿时的故乡呼之欲出。

## 2

那时候没有电。家家户户点煤油灯。

羊角辫,小花衣,一头汗,一手泥……一天到黑满湾疯跑的丫头,是名副其实的假小子。

村前村后,几口一衣带水的池塘,清凌凌的水,深不见底,映着瓦蓝瓦蓝的天。塘边硕大的杨树,嶙峋的根部突起,成为婶娘们洗衣时天然的搓板。槐花树下,一到正月,好不容易闲下来的村庄,年味的感觉极其浓烈,这个村请人唱戏,那个队弄个皮影,谁家遇上嫁娶红喜事,会花钱放一场电影,显得喜庆,图个热闹。

说是唱老戏,不过是在队里的稻场上,弄几块长木板,一些红布,歪歪斜斜搭起一个简陋的戏台,三两个演员,老老少少,脸上一律涂抹着重重的油彩,青天白日乍一见,挺吓人。阳光明媚,很多人早早来到,或坐,或蹲,或爬上高高的柴垛,高高低低的人头,左右奔跑的顽童,看戏,实质上成了听戏。

等戏班吹拉弹唱的乐队,一溜排坐在戏台的角落,铿铿锵锵吹出生、旦、净、末、丑,水袖飘飘,刀枪铮铮,那些青衣小生咿咿呀呀的唱腔,丫头听不懂,但,听着陶醉。

偶然有瘦骨的老人,花白胡须,挑着皮影箱子走村串户。若有队出钱请,找一间比较大的空屋,关闭门窗,支起一块白布,布后点几根蜡烛,老人双手提着两个棍棍,棍上的线上系着画好的各种图像,手不停地拉扯,白布的这边,头像活灵活现做着系列动作,好玩的很。左邻右舍都聚在幕布前啧啧看着,丫头像只顽皮的猴子,悄悄溜到老人的身边,一双圆溜溜的眼睛,一眨不眨,盯着那些牵着木偶的线线。

乡村的夜晚,人们实在无事可做,遇上哪里有放电影,十里八村轰动,不管多远,一个湾的人浩浩荡荡结队出发。到了地方,远远的也看不到什么片片,大家却乐此不疲。等电影放完,深更半夜回来,黑漆漆的夜,伸手不见五指,完全看不到路,丫头急得哭,母亲告诉她,路光滑显得白,照着白走就是。丫头试着走,不提防一脚踩进水里,湿了衣裤,乍暖还寒的春夜,冷得丫头直哆嗦,索性号啕大哭。

## 3

不知不觉,新年过去,三月的桃花、梨花竞相开放。

大姐每天出门带着丫头,一到岭上,忙着挑猪草,没有功夫管丫头,一任丫头满畈疯,只是时不时喊上一声,确定丫头在,就放心。

岭上零零散散有几株桃树和梨树,桃花红,梨花白,一仰头是花的世界。树矮,丫头更矮,看得见,够不着,丫头只有呆呆地看上半天,有时候干脆撂开,自顾自玩。

青青田埂,遍布小小的蒲公英,轻轻一碰,一朵朵含羞飘散。草丛里长有"毛根",剥出绿皮,露出白色线状的果实,微甜,柔软可口。实在没有什么好玩,丫头会一下子抽很多"毛根",一一剥好,盘成饼,蹦蹦跳跳给忙碌的大姐吃。大姐一笑,会随手扯起一棵麦苗,露出空空的麦管,用一根麦根须,小心穿进麦管,根须从侧边分开麦管一个口子,麦管便可以吹出清脆的哨音,做成后给丫头吹着玩。

山洼里的水凼子,水浅而宽,偶尔有燕子低低飞过,水湿,燕不湿。下岭来,一畦畦草籽地,绿油油的草籽,开着紫色粉色的花。一望无际大片大片的油菜花,小小蜜蜂,扇着透明的翅膀,在花朵间飞来飞去,采蜜儿忙。间或有风吹过,油菜花一浪连着一浪,像抖动着一匹匹金色的缎子……阳光下,那大片大片的油菜花,黄的从容、细致,金的耀眼、纯粹。

爱美的丫头,常常摘些油菜花,乱七八糟插满头,高兴起来,小小的身子,不停在草籽花里打滚,小花衣总让草汁染得五颜六色,洗都洗不掉。傍晚回家,母亲看着泥猴一样的丫头,气不打一处,恨恨地扬起巴掌,丫头的屁股,迅速红肿,留下五个清晰的指印。

4

丫头好吃,嘴馋得像只小猫咪。

每到年底,母亲和大姐会种很多白菜,天天不停晾晒,洗净,腌制在很大的一个瓦缸里,备足来年一春的菜。开春来,虽说桃花杏花开的艳,乍暖还寒的气温,园子里长不了新鲜的蔬菜,正是青黄不接的时候,一日三餐当顿的是那些腌制的生菜。

大姐手巧,改变不了一日三餐的腌咸菜,便每天换着花样做饭。早上起来,灶膛里添上大火,用大粗瓷碗,把面粉调制成稀糊状,滋滋地旋在锅边,锅底放水,等沸腾后,把碗里剩下的面粉,再稀释一点水,搅一搅,用筷子快速悠着,倒进开水里,盖上锅盖,一会儿闻到一股面子羹的香味,汽水粑蒸好了,面子羹也煮开了。中午蒸饭,蒸的是那种一煮熟就红乎乎的饭,糙糙的,吃起来特别爽口。晚上再把剩饭,加点猪油,翻来倒去,炒得喷喷香,丫头溜溜尖儿一碗吃了,往往还想吃。

那时,小小的丫头,常常会拿个小椅子搭脚,伸长脖子,顾不上烫,迫不及待去拿汽水粑,大姐总是啪的一下,轻轻打下丫头的手,把汽水粑铲起,放在筲箕里凉一会儿,再拿碗盛上一碗羹,递上汽水粑,丫头就着咸菜,吃得津津有味。

很多时候,丫头会缠着大姐,要自己试着做。大姐哄丫头,等她长到灶台高,就手把手教她。

于是,丫头天天和灶台比,看自己长高了没有。但是,等不及长到灶台高,学着蒸饭蒸粑,丫头就离开了故乡,从此,再也没就着腌菜,吃家乡的糙米饭,面子羹和汽水粑。

赶上知青回城,母亲的户口和工作得到政策性恢复,丫头一家子举家搬到母亲执教的学校,吃上了国家供应的商品粮,看着白净净的米,煮的米汤清汤寡水,照得见人,一点也吃不出糙米锅巴粥的香味。

丫头见风长,慢慢长成了土生土长,却不识泥滋味的城乡两栖人。

5

后来,丫头梦里,老是盘旋着咿咿呀呀的旧戏和皮影,嘴里,老是馋着糙米饭,面子羹和汽水粑。

后来的后来,当年丫头玩得泥一身水一身时,母亲会吼她,若再酣玩,不许吃饭!吓得丫头会乖乖在家待一整天;经年后,丫头的儿子放学回来,沉浸在动画片的世界,不愿做作业,丫头吼他,儿子会挑衅地翘着嘴,眯着眼对她说:不许他看,就不吃饭……

时光荏苒。郊外,午后的阳光,闲适,温暖,适合闭上眼帘,任轻柔的风,吹拂,穿梭,与耳,与心,与故乡,恣肆的,喁喁而谈。

清明了,想老父的坟前,是不是芳草萋萋?故乡的岭上,金黄金黄的油菜花,是不是,也早大片大片地开放?

近乡情怯。一幢幢楼房,无规则的高高俯瞰,水泥楼面没有袅袅炊烟飘起,村口的水塘,光着干裂的肚皮,岭上的地,一块块长满杂草,偶尔的鸡犬相闻,除了老人就是孩子……

不知何时,丫头的故乡,老了,瘦了……

# 故乡云水遥

故乡的云,总在梦的天堂飘荡,瓦蓝瓦蓝的天,洁白的云儿朵朵轻盈。村口的榕树下,一个七八岁的丫头,穿着姐姐的旧花衣,赤着小脚,梳一对朝天小辫,吮吸着指甲,目不转睛地看着天边的云。

丫头是家里的幺姑娘,尽管那时普遍的家境贫寒,却甚得家人宠爱,姐姐们每天辛辛苦苦地扯猪草,砍柴火,一任丫头天天东游西逛。偏生村里同龄的都是男孩子,成天打打杀杀疯闹,丫头没有人玩,就常常在榕树下乘凉,低头看蚂蚁,抬头看天,看天上的云。

看云的丫头,就有了很多云的想象,想云像三叔家的狗,龇牙咧嘴;想云像画上的仙女,广舒美丽的长袖;想云是妈妈手中的花布,望年望月裁成过年的新衣裳;还想云是走村串户摇着铃儿卖的冰棍,凉凉的甜进心里。

天上的云儿曼妙,悠闲,轻盈,张扬,衬着蓝幽幽的天,瞬息间千变万化,精彩纷呈,地上的丫头看得眼儿累心儿晃,却不肯错过每一瞬,在云儿里想象,随云儿飘扬,淡淡的云儿装饰了丫头整个的童年。

蓝天白云飘,成了丫头童年的生活,生活的童话。经年以后,看故乡淡淡云儿的丫头,在云儿淡淡的氤氲中,有幸成为一朵淡淡的云儿,淡淡蹉跎在淡淡人生,淡淡走过红尘淡淡爱。

榕树边有一池清清的荷塘，清凌凌的水映着蓝莹莹的天，那水一个清呀，照得见丫头小小的脸。夏天，清清水塘中次第开出好看的荷花，擎起尖尖的莲蓬，衬着绿油油的荷叶，滚着一粒粒水珠，还有低低飞翔的蜻蜓。丫头就坐在塘埂边的石板上，一双脚在清清的水里一上一下地划拉。

最有趣的是水中摇头晃脑聚满瘦瘦的"参子鱼"，在丫头的脚边窜来窜去，擦得脚心痒酥酥的，一伸手就可以逮到。看着活泼泼的鱼儿，丫头顽皮地抓了放，放了抓，嬉水戏鱼，银铃般的笑声荡漾在清清水畔。

玩得正高兴时，乐极生悲了，因为丫头身子一直前倾着，又手舞足蹈的，不料坐着的石板悄悄翘起，丫头整个人猝不及防地掉进深深的水里，不会水的丫头，胡乱扑腾，迅速地喝着水，迅速地下沉着。

不知道过了多久，隔壁的二哥哥插完秧来洗手，看到水里飘着头发，赶忙下水一捞，天！丫头脸儿惨白，肚子胀得像面鼓，好像没有呼吸，急忙喊人，拿锅底使劲压，做人工呼吸，掐人中七捣八鼓，硬生生从阎王爷手里把个丫头拉回了人间。

吓得半死的母亲便不许丫头玩水，每天在丫头的小腿上涂着"锅影子"做记号，从此，榕树下的丫头，只能呆呆地看天，看地，看蚂蚁，看着荷塘中清清的水。

村头榕树青青，枝枝叶叶游子情。故乡的水，水中的荷花，荷花上的莲蓬，莲蓬上的蜻蜓，从此走进了若干年丫头每夜每一个梦中。

一日，太无聊甚无趣的丫头，实在无事可做，在厢房里顺着梯子爬上了父亲的小阁楼，在一片狼藉的灰尘中，就着一片亮瓦的光亮,翻来覆去地看那些发黄的鲁迅杂文,不认识的字,丫头就连猜带蒙只认半边,躲进小楼成一统,尽管不甚理解,但是,一个目光犀利吸着烟瘦骨伶仃的大文豪形象,从此永远苍然立在丫头的心间。

翻着发黄的书,看着认不全的字,丫头居然忘记了吃饭,忘记了时间,直到昏暗的亮瓦完全昏暗,直到小小的阁楼上,听到了岭上母亲拖着长长儿音焦急呼唤着"玲儿",丫头才忙不迭地从阁楼里钻出来,小脸弄得乌七八黑,衣服上挂满了蜘蛛网,和着汗水的灰尘,变成了干干的泥巴坨。发动全村人找丫头的母亲,看着丫头这副尊容,哭笑不得,舍不得打又不忍骂,这么小的孩子,玩什么都不防丫头会躲在阁楼"玩书"哈。

从此,丫头就爱看书,爱想象写书的人,在看书的欣赏和感悟中,丫头会细细地揣摩作者的喜怒哀乐,想象着这是怎样一个人在怎样的写字如歌,好笑的是,在看书的渐行渐进中,丫头居然总是把写作的人抽象成伶仃瘦骨的模样。

童年,原本是灿烂的,原本是天真的,丫头的童年,是清贫和寂寞的。看云的丫头,看水的丫头,看书的丫头,在故乡的云水间,也一样健康快乐地成长。

一方水土养一方人,故乡的云水,滋养了丫头喜幽静爱遐想的个性,看一花一世界,淡定如云澄清如水,滚滚红尘,丫头微笑颐然地低调做人低头做事,与世无争地宅着小日子,居然顺风顺水种豆得豆。

只是,故乡蓝天上的白云,故乡荷塘里的清水,故乡冈上母亲呼唤"玲儿"长长的回音,总在丫头经年的梦里翻腾,梦里变化不同的人和事,亘古不变的,永远是碧云天,黄叶地,秋色连波,波上寒烟翠的故乡那云那水。

几回回,夜阑时,梦醒后,思量更被明月,隔山送过故乡云水影。

## 春暖思念瘦

南下列车,逶迤,卷起千堆雪。

小城的站台,修葺一新,挤满黑压压要走和来送的人。铁轨间新长的小草,抖抖索索,兀自在风中单薄飘零,似人叹息,一声声,诉说着婆婆妈妈的絮语和叮咛。早春二月,阳光羞涩,乍暖还寒时候,送他离开,千里之外,最难将息。

汽笛长鸣,唱响离别的歌声,挥挥手,渐渐远去了车窗前他俊秀的脸。走了,走了,走了,心一下子空落落的林子,一转身,眼泪忍不住悄然而淌,思念如同春风里的野草,在叶叶田田的心海,恣肆、蔓延。静静的站台,疏树、只影,空气凄迷,恨别鸟惊心的感觉,是流在血液里,始终静默如火山爆发前的沉寂。

似水流年,如花美眷,谁不愿夜夜相拥日日相对?可,为了生活,他,必须在天涯漂泊;为了孩子,她,必须在故乡留守。一年三百六十五,银汉迢迢难度,能够两厢厮守,只有辞旧迎新的春节,那么短短几天,有多少贴心话儿来不及讲,有多少天伦之乐来不及享,新年的气味犹浓,缱绻正酣,他,已关山度若飞,在林子幽怨的眼眸里,惘然不舍,逆流而去。

蓝蓝天上白云飘,春天的阳光,桃花般温柔如梦,风在广袤的田野，归家的途中，擎起唏嘘无数。林子的身旁，没有了他矫健的身影，袭来一些莫名的忧伤，许多没来由的嗔怒和不平，除了悉数埋藏在心底，诉与谁知？谁又会知？兜里的手机，好雨知时节地响起，轻轻送来离人的问候，他的声音，总是饱含深情，夹着淡淡憔悴，隐隐担忧，凄凄兮兮的林子，听着花开的声音，欲诉相思，难诉相思，最是相思无字时。

纵有再多的不舍再多的无奈，擦干眼泪，倚春而立，看着满世界风含情水含笑，林子深深知道，柴米油盐的日子，日出而作日落而息，细心照顾年迈的公婆，精心抚养年幼的儿女，天天洗衣做饭，检查孩子作业，人来客去酬情达礼，整日忙得跟打仗似的，哪里还有时间让她去枉自嗟叹？生活的现场直播，让柔弱的林子，不得不把柔情蜜意高高盘起，一双纤纤素手，面朝黄土背朝天，风生水起撑起了家的一片天。

到家了，偌大的村子，除了偶尔几声狗吠，间或蹒跚走过一个老人，寂静荒芜如同无人居住。村口的池塘，清凌凌的水，荡起林子心中涟漪，翻卷着拎不清的忧心忡忡：心中的离人啊，想你在心口难开，担心你置身于温柔富贵乡，盘桓在花柳繁华地，外面红男绿女，近水楼台，美丽的邂逅，人生总会有意外。亲爱的，你可要慢慢飞，小心花花世界带刺的玫瑰，漫漫长夜少喝酒，莫抽烟，路边的野花你千万不要采！

芸芸众生，几世轮回，千年修得共枕眠。大丈夫顶着天，立于地，爱他，就相信他，相信他无论何时无论何地，都不会忘了家乡的糟糠之妻。两情若是久长时，又岂在朝朝暮暮？爱他，不能完全依赖他，毕竟远隔千里各在天涯，生活五味杂陈，早已锻炼得林子自立自强，动如矫兔静若幽兰，家有仙妻，林子知道，她暖暖的春闺就是他心灵的港湾，纵使容颜衰败，芳华不再，他,也会永远把她当成手心里的宝。

　　大千世界南来北往,为了养家,多少游子奔波在他乡?为了孩子,多少女人留守在家园?不见了传统的你挑水来我浇园,绿水青山带笑颜。改革春风,经济建设,他赚钱来她持家,只为了圆一圆贫寒夫妻简单的梦想——少年强则国强!留守女人,留的是不变心,守的是家国情,今儿个月有阴晴圆缺,成就的是明日辉煌的太阳。正是千千万万个林子朝如青丝暮成雪,守得云开见月明,给亲人,是一种心灵偎依;给家庭,是一种情感坚守;给社会,是一种创造和谐;给人生,是一种幸福圆满。

　　春天已唱着歌,载着舞,踏着风,翩翩而来。然,泪痕才锁心间怨,万叶千声犹在念,孑然的林子问风儿,问云儿,亲爱的,何时彩云归?

　　依然守候,几家能够?放眼望,春暖花开,思念瘦。

# 自由行走的油菜花

### A

　　三月,又是三月春来早。

　　当连日的阴霾天气悄悄隐退,久违的太阳,明晃晃照在办公室的窗前,我雀跃的心,没有半点的犹豫,忙不迭地扔下案卷公文,一马当先奔赴那一场温暖的阳光之旅。

　　郊外的油菜花,一畈连一畈,大片大片的金黄色,正开得一个灿烂。

B

雨后,脚下的田埂湿湿的,依附着一层薄薄的小草,夹杂一些不知名的的小花,我的高跟鞋悄无声息地走过,钉下一串串细小的洞,一个,一个,像午夜醉酒的人,一步步歪歪扭扭,伸向油菜花的深处。

"菜花"渐欲迷人眼。

习习清风下,站在齐胸深的油菜花里,宛如一匹匹金黄色的绸缎,波浪般随风一起一伏地跌宕,触手可及一朵朵金灿灿的油菜花,如此恣肆的,绵软的,怡然的,散发着沁人心脾的清香。

眼前的油菜花,一样的茎,一样的花形,一样的色泽,我分不出哪朵更美,哪一朵更香。都是一样黄、细、小,娇小得我轻轻地摘下一朵,噘起嘴一吹,便不见了踪影。而当大片大片的油菜花,以一个姿态,齐刷刷站在风里,连绵而成络绎不绝的花田花海,那是壮观,那是坚强。

如果说春天是花儿的季节,是所有花花草草都拼命想怒放的季节。

那么油菜花,便是我的梦,是打小就烙在我心头从未抹去的梦。

C

从记事起,我都是在春天的油菜花里打滚。

扯猪菜,挖野韭,童年的时光,在油菜花的地里,永远长不大。

依稀记得,孩提时的新年乍到后,父辈们纷纷放下手中的活计,联合请来唱戏的班子,吹拉弹唱,小村里早早晚晚洋溢着欢歌笑语。看不懂戏曲,又没有大人管,我们这些丫头片子就撒开脚丫子,满畈地追呀跑。那时候,油菜刚刚开花,还不及我们的腰,跑着,跑着,随便沾上了,衣服上便是一层层黄粉,洗都洗不掉。

平时大人们是绝对不允许我们靠近油菜花地,怕是撞掉了菜花就少结了菜籽,少打了菜油。

小孩子拧的很,越是大人不准的事,我们越是乐此不疲。

藏在油菜花里躲猫猫,你追我赶,或者掐菜梗编成花环,戴在头上,来到池塘边左照右照,时不时把同伴的衣服缠在手臂上,煞有介事地学着白娘子,慢悠悠地甩起"水袖"……童年的印象里,全然不记得被我们祸害得一塌糊涂的油菜花,只有那种打心底的快乐,源远流长,经年不忘。

久而久之,记忆里那种被油菜花熏染的情怀,会让一个人的灵魂,从内到外散发着思乡的气息。

尽管多年来,家乡的油菜花,已经一瓣瓣在我心中乏着暗黄色的光,随着岁月微微沾染了苔痕,只要一置身在畈上,一望无际的油菜花,一如当年一样金黄金黄,我的心,便会重新苏醒。

D

坐在田埂上,看着一望无际的油菜花,我不知道,一畦一畦的油菜花,也会寂寞吗?

每个人,都有着属于自己的人生际遇和秘密。

从陌生到熟悉,也许一万年,从熟悉到陌生,可能是一瞬。人和人之间的相逢,就像一趟趟班车,每一站有人下车,有人上车,没有几个人可以一路陪你走到终点。

有些心事,可以说;有些心事,无人明白。

春去春又回,融入大自然的怀抱,走进油菜花,我就像换了一个人,兴奋。雀跃,叽叽喳喳,深深吸一口花香,连绵不绝的油菜花,似是听得懂我的私语,随着微风招手,呢喃,仿佛旧年的好友,敞开怀抱,大老远地迎接我的徐徐归来。

所以,遇上油菜花开的时候,不管多忙,多累,我会一个人,悄悄行走在金黄色的春天里。

蓝天、白云、熏风,我总在暗暗想着,等到风景都看透,等我完成所有我想完成的事,就褪去这身臭皮囊、素颜、旧屋、小伙伴,回到我梦里的故乡,安静的像油菜花一样,平平淡淡,开在家乡的土壤里。

E

小时候常听老人们说:女人就是菜籽命,肥是一棵,瘦也是一棵。

肥呀瘦的,菜籽命,可惜,那时候我压根听不懂。

我向来喜欢自我主张,不断在迷茫中选择,毫不妥协中追求,从一个地方,辗转到另外一个陌生的地方,做自己想做的事……性格决定命运,从一开始,就注定我的人生,充满颠簸和变数。

无数次的设想,如果遇到爱,我会不会也开得如油菜花般

灿烂?

比如人间四月天,走在一片绿茵茵的田野里,暖暖的阳光照着,视线里是一望无垠的油菜花,小路尽头,白衬衣,牛仔裤,清风般微微笑,走来书生一样的人,我们肩并肩看着春天的花儿一朵朵张开笑脸,或者什么也不说,或者什么都说,就那样静静地站在一起,看蓝天白云。

每次听萨顶顶的《自由行走的花》,轻歌曼舞,"可曾在梦中遇见彼此熟悉的脸,人儿为美丽的缘求佛了太多年",仿佛遇见千年前的自己,已相思成冢……

谁为谁柔情深种?没有什么逃得过掌心的宿命。

一个人。

一朵花。

一场菜籽命。

F

油菜花地里,我安静地走。

随处可见的油菜花,一朵朵摇曳在风里,是那么的平凡,渺小,不惹人注意,并不是如何的艳丽打人眼,却总在你第一眼望过去的时候,如一束束金色的光,一闪一闪用最耀眼的色彩,磁铁般紧紧抓住人的视线,柔媚了无限春光……

都说女人如花。

我更愿我自己,是一朵简单的油菜花,平淡、独立、恣肆地开放。

人在旅途,有没有人携手,我都将如油菜花一样,自由行走。

# 七月半,夜阑珊

俗话说:七月半,放牛伢们掘田畈。

已近秋声,天已不经意间见短,才七点就已暮色四合,风竟也咝咝有声,漫不经心掠走了灼人的炎热,侵入肌肤有不胜凉水的娇柔。凭栏立在秋水处,看流云悠悠,叹季节变换,一年一度梧桐落,又还秋色,又还寂寞。

(1)

小时候的七月半,印象中是充满期待的,母亲会早早赶集,称回几斤老土纸,买点豆腐千张,还破天荒地割点肥肉,带几根油条,让我们美美地打打牙祭。

那一天的气氛空前肃穆,母亲总是不声不响地进进出出,姐姐们也不嬉笑吵闹,而我,就像爹爹的一个影子,无声无息看着他的一举一动,看爹爹净手焚香,虔诚地把土纸铺在案几上,正襟危坐,拿一个貌似钳子的东西在土纸上打出一排排的钱印子,然后两张两张一折,整整齐齐码在一个干净的竹篮里。

待到夕阳西下,一轮明月清清淡淡高挂,隔壁三婆婆蹒跚着金莲小脚,颤巍巍地拎着土纸在岭上唱歌一样低低吟哦:"饿死的,冻死的,病死的,老死的——得钱用啊……"我们一群半槽子伢们,就三三两两拿着土纸,在路边、在田畈、在塘沿、在所

有的角角落落,烧着土纸,唱着呼唤亡灵得钱用的哀歌。

看着漫山遍野荧荧燃烧的土纸,空气里凄凄惨惨戚戚的呼唤,有一些寒寒的凉意在弥漫,小小的心灵,似乎贴身感受到天国亲人的亲近、抚摸,一身汗毛乍竖,还有一种看不见摸不着的虔诚涌动,感觉这些烧化的灰烬,飘成天国的钱币,正被逝去的亲人们快乐享用。

童年的七月半,明月夜,短松冈,庄严肃穆,天地间亲人生和死零距离的接触,呼唤和怀念水乳交融。

（2）

刚上班那会子,租住在桥那边的西边乡里,依桥畔水,每一年的七月半,买些做好的小纸船,顺着一级级台阶下到清清的河水边,点上小小蜡烛,我把纸船顺风送到水中央,依依不舍地看它们悠悠荡荡地顺水而下,而在心中,默默无数边念诵着,愿天国的亲人们一切安好。

后来人们好像遗忘了七月半的风俗,很少有人烧纸钱,也几乎无人吟哦"什么什么——得钱用",人们蜂拥在桥头,人头攒动。一半是放纸船,一半为纳凉,顺便在心中如我一般叨念几句,聊以慰藉。

在水边蹲久了的我,看不够纸船儿悠悠,就沿台阶来到桥上,视线一下子开阔起来,原来河面如此宽广,款款轻扬的微风,盈盈流动的河水,数以千计的纸船,朦朦胧胧的烛光,一路在粼粼水面摇曳、流动,渐渐飘至远方,水天一色在夜的沉静里如此靓丽、炫美。

那时候的七月半,秀美,宁静,有堤上柳成行,河边风清扬的浪漫,天卷残云,漏传高阁,数点萤流花径,点盏蜡灯,许个清愿,悠悠流水愿逝者安息,生者从容。

（3）

今天,又是一年一度七月半,夜晚站在街角的樟树下,风凉如水,夜凉如水,我抱着膀子安静地看儿子拿着成扎成扎的纸钱,随着祭拜的人流,在国道边,在花坛沿,在暮色中,像蚊子一样有气无力地哼唧:"什么什么——得钱用",在漫天弥漫的烟火里,看着人们争先恐后燃烧纸钱诵着冥歌,我竟有一种彻骨的悲凉,莫名从心底幽幽窜起,迅速弥漫了一层一层的忧伤,有着一些痛心一些无奈。

街灯、路灯、车灯、霓虹灯,川流不息灯的海洋,烟雾、灰雾、熠熠火堆、啪啪炮鸣,层出不穷光的世界,什么时候对逝去亲人的怀念和缅怀,一夜间大规模演变成了横流街面的空前时尚？

自1998年在新城区置地建房后,没有了童年的山冈紧紧相连,没有了桥那边的流水依依相伴,钢筋水泥封锁了陈年的渴盼,高度快餐化的现代生活,尘封了曾经的流年,生活虽日渐富足,情感亦每况飘渺,我再没有烧土纸的渴望,也无法点蜡灯,每一年的七月半,任由儿子胡乱烧些纸钱冥币走个形式。儿子老唠叨感受不到我儿时七月半的期待和精彩,我也没有临水放灯的情怀,心底的萧索,日复一日一年更比一年长。

此时的七月半,天地间烟雾弥漫,但闻呼唤声一片,明明灭灭的火堆,一片喧闹一派奢华,此起彼伏蔚为壮观。静看那烟雾光影人呜咽,清风路边声吟哦,更兼着连天衰草春荣秋谢,我在寂寞的暮色里,苍然凝重双手合十,虔诚低吟:天国的亲人们,

您们可曾莅临?

（4）

很是想念儿时的七月半,想念那些山青水秀,想念那些咿咿呀呀的膜拜。

很是想念桥那边的秋水河畔,想念那些过往的星星点灯,咫尺天涯,不知那里七月半的风景,是否涛声载着灯船儿依然?

很是想念天国的亲人们,不知天堂里有没有车来车往?七月半,你们可曾打马儿孙街前过?可曾收到后人祈福焚烧的纸钱?

七月半。夜阑珊,想念亲人怀念先人,明月千里寄哀思,款款祝愿逝去的亲人心安心静心祥和!

## 外婆·老街·小河

屈指算来,外婆离开我们三十多年了。

记忆里,外婆总是裹着一袭斜盘着布扣的兰布衫,花白头发,在脑后紧紧梳成一个小髻,别一支小巧的银簪,抿着瘪瘪的唇,佝偻着身子,拄着拐杖,颠着小脚,一步一挪从老街的那头,慢慢走来。

一到暑假,妈妈早早把我送到外婆家,和外婆朝夕相伴。小时候的老街,是呈十字交叉的几条小巷,依稀记得有中山街、民主街、胜利路、沿河路……街名连起来读一遍,大有纪念民国孙中山先生提倡民主之意,街面一色青石铺就,门廊出出进进,排列着不规则的木屋。唯胜利路口的两家供销社,是二层水泥楼房,卖居民需要的日用百货,其余横竖几条空荡荡的街,如一张旧年的黑白照片,除了古朴,就是沧桑。

老城房屋矮、窄,门楼一色石板高高拱起,几家共一个,挑成扇形的外檐,一眼望去威武气派,整条街连着看,像个大宅院,倘若现在还保存完整,我相信,高墙深院的老街,除了不临水,一定不逊于江南水乡同里弄巷。外婆的家,和街上一溜排的木屋一样逼仄,狭长,走过一条窄窄的通道,是一个青石板砌就的大天井,再后面是两间木门隔开的小房,后面沿着墙壁砌着烧柴的灶,一口大水缸,家被外婆捯饬得很整洁,地下光溜溜的,没有一丝尘埃。听母亲讲,外公家在老镇是望族,外婆是大家闺秀,是经过百里挑一选来的,模样俊着呢。只是,我印象中的外婆,瘦弱,苍老,老是佝偻着身子,伸不直腰,母亲说,土改时,外公划为地主,常常被造反派揪出去游街示众,外婆怕外公出事,把外公藏了起来,结果自己被造反派带走吊着打,背都打驼了……唉,那真是一个惨不忍睹的时代,我为外婆鸣冤叫屈。

外婆性情温和,说话总是轻言细语,不似母亲暴炭一样的脾气,从不大声吼我。那时穷,家里一日三餐看不到荤腥。早市有油条卖,见我眼馋,外婆偶尔买根我吃,她却不吃。外婆早上调点面粉,搅匀和,烧上一把柴,"烫油粑"我吃,油粑黄亮黄亮的,看着就诱人,咬一口喷喷香,此后经年,"烫油粑"成为我的最爱,只是,我再也吃不出外婆做的味道。早起,外婆用她那缺了齿的木梳子,给我梳好一对朝天辫,辫八股辫的那种,我可美着呐,然后抿点水,慢条斯理梳她花白的头发,盘好髻,插上银簪,捋下梳子上的碎发,顺手塞在门板缝里,聚在一起拿去换钱。这些画面,我一辈子不会忘记。

老街的早晨,东方才刚分明,街上已是人声鼎沸,卖菜的,吆喝的,窄窄的街道熙熙攘攘成了闹市。当家女人,穿着碎花睡衣,一个接一个,麻利端着马桶或痰盂,径直往后街的公共厕所去,然后,扫地、洗衣、买菜、做饭,一上午,张家长李家短的说说笑笑,和着各家各户的炊烟飘起来。中午,街东头的自来水开放,街上会排着长长的队伍,大桶小桶,等着接水挑回家吃。晚上,喧闹的街市慢慢趋于宁静,外婆会洒点水在街面,搬来小小的竹床,一眨眼,一条街的竹床竹椅,摆起长长的阵势,随着外婆手中的蒲扇摇呀摇,竹床上的我看见街上一线天上的星星,眨呀眨……计划经济时代,让小镇人的作息,是那么整齐划一。

往沿河路,一个高高的门楼,雕梁画栋,很是气派,门的一边像牌匾一样,竖着一行鎏金字"花园楚剧院",龙飞凤舞,很打眼。与楚剧院隔街相对有个露天柴场,外婆常常带着我,挽个竹篮子,在柴市快散集的时候,捡些落下的碎棍细棒,我在低头捡柴时,清楚听到楚剧院那里,传来咚咚锵锵的鼓乐声,还有咿咿呀呀的唱腔,鼓乐声嘎嘣脆,像极了小伙伴们玩的玻璃珠子,叭叭掉到碗里的声音,很有节奏,很有韵律,我听不懂,却听得很陶醉。

越过"楚剧院",到了河边。那时的河,真是一条小小的河,细细的流水,在阳光的照耀下,一闪一闪如碎碎的金子,弯弯绕绕流去。河滩极其宽广,这岸到那岸,走过去得小半天,倒显得弯弯的河,像一条细带子缠在河滩腰上,有一长截断桥,石桥石墩,走过去,到了河中央,沿石墩下到沙滩上,蹚着浅浅的水,和一群小朋友戏水,捉小鱼,捡田螺,或者躺在黄色的沙滩上,用沙子垒屋，垒战壕，打沙仗，一个暑假下来，黄毛丫头晒成了黑泥鳅，一粒粒滚热的沙子，都是童年的快乐在飞。再往河西走，是一片树林，茂密的很，方圆几里都是高大的杉树，葱郁，连绵，黑压压的，一眼望不到边，这就是小镇著名的"快活林"，演绎了多少美丽的爱情故事。

民主街通向花园火车站，街短，曲曲弯弯，一溜木屋，一律设着高高的木门槛，又厚又沉，几乎齐我膝盖，跨进去的时候，需要小心翼翼，才不至于被跘倒。爱逛，是因为这民主街，几乎是一条一溜开放的图书馆，铺面里挂满了小人书，花花绿绿，让我每天流连忘返。一些退休的老人，去旧货市场淘回一些书籍，间或自己买点新小人书，在堂屋里扯几根绳子，一本本倒挂在绳子上，大点厚点的书，两分钱，小点，薄点的书一分钱，任由读者们就地租看。

无意中发现了这方宝地，我便想方设法捡破烂，连外婆塞在墙缝里的碎头发也不放过，偷偷地换些零分毛票，天一亮就拐到民主街，一家一家的看，看中的书，给个一分钱二分钱，我就迫不及待地坐在木门槛上，就着亮瓦漏下来的阳光看书，常常忘了回去吃饭。天天去，时间久了，那里的老人都认识我，遇到我手中实在没钱，混着多看一本半本，老人发现了，也是笑着摸摸我脑壳，并不气恼。时间久了，外婆总等不到我回家吃饭，满街找都找不到，急得要死。后来一早尾随我出门，才知道原来我去看书了，再饭熟时，外婆找我，直接到民主街去，一找一个准。

小人书，一本接着一本，这本，或者那本，大的、小的、厚的、薄的、黑白的、彩色的……向我展示了一个见所未见闻所未闻的斑斓世界，那时的我，虽然基本的字还认不全，却并不妨碍我囫囵吞枣。如同人生许多未知的东西,只是一个喜欢,只为了一个喜欢,我们会不自觉地去认识和探究,并乐在其中。

如今,生活越来越好,老街也推陈出新修了新楼、新路、新桥,拦了橡胶坝,蓄起了宽阔的河水,建立了博士湾度假村……三十年来,小镇日渐变得时髦摩登。外婆不在了,外婆的老街和小河,也渐行渐远,那些久远的记忆,像一条时光深处流淌着生活和生命色彩的河流,深深留在我的记忆深处……

## 月满中秋

又是一年中秋节,我走在莹莹夜色下,今晚的月光,仿佛有一种特别的缠绵,冷清清挂在蓝幽幽的天空,洒下一地清辉和薄薄凉意。

月亮走,我也走,一轮中秋月,圆圆的,满满的,淡淡的,纯粹、澄清而高远。月光一泻千里,如梦如幻,层层包裹,加上细细的风,柔若无骨滑过肌肤,沁在心底,游走在叶叶田田的心海,勾起深深浅浅的思绪,让我的寂寞,有了些许温暖的寄托。

门前的官塘公园,垂柳如织。静看官塘的水,一波未平一波又起,如一匹抖动的碧绿色绸缎,任轻轻拂过的秋风,款款折叠起零零碎碎的波痕,夜色下的湖水,忽明忽暗,闪闪跳跃着秋色连波,路灯的倒影,在粼粼水面,一字排开,随水波蛊魅一样荡漾。

绿莹莹的水,清凌凌的天,冷幽幽的月,在这样的中秋夜,温柔,细腻,又深入浅出的泼墨,画夜色下的公园,为一幅宁静的水墨画。一湖水,一湖月,水天一色,精心炮制了中秋节的特别,一种深有情调的圆满,一种浅有节制的浪漫。

步月归来,沿官塘堤上,顺一级级台阶下到广场,从一派月光到一派灯光,一下子由古幽秋水月色迷离中,迈进了灯火辉煌,寥寥数步,咫尺已是人间冰火两重天。

广场里,花嫣、树秀、鹅石、曲径、凉亭、风车、喷泉、灯火通明,游人如织。这儿一拨,那儿一群的老少叟妇,随着舒缓的音乐,在明亮的灯光下,或跳着风情舞,或打着网羽球,或闪转腾挪挥舞太极拳,时不时几个嬉戏的孩童,踏着闪闪发光的滑板,小燕子般轻盈的飞来飘去,洒下一路欢快的笑声。

这时候,我往往会坐在凉亭下,安静地看着眼前一派繁华,什么都想,也什么都不想,一任思绪飘飞在喧闹之上,红尘之外。间或行走在弯弯绕绕的曲径,含笑越过三三两两的柔情蜜侣,偶尔会赤着脚,小心翼翼倒走在铺满的鹅卵石上……一个人的夜晚,在简单的心情里漫步,空气里有暗香浮动,闭上眼,深呼吸,所有日落月沉的心事,顷刻间化作秋月般清亮,平静。

一湖月光,一月灯影里,醉饮官塘的一湖秋水,袖着人间九月天,飘飘,袅袅,一路望着熟悉的街,走着熟悉的路,对熟悉的和不熟悉的乡人,深情说一句:中秋快乐!

## 我怎么阻止一场雨的肆虐

雨,雨,雨,满世界的雨,早早晚晚,白天黑夜,除了雨,还是雨。

时令进入夏季,原本是清香怡人的栀子花开,原本是万物蓬勃生长,点亮萤火虫听取蛙声一片的季节,却纷至沓来的,是横刀立马的雨,是狂暴易怒的雨,是逐一挤破沟沟坎坎塘塘堰堰的雨。今年的雨季,如此绵长,如此恣肆,如此浩浩荡荡,泛滥成灾,具有毁灭一切的杀伤力。

每日打开电视,满屏皆是湖北、湖南、安徽、江西、江苏各地汛情告急。截至7月3日,据不完全统计,截至7月3日,全国已有26省区市1192个县遭受洪涝灾害,因雨灾死亡186人,失踪45人,数以万计的房屋坍塌……天低,云黑,一场场从天而降的暴雨,站在六月的渡口,瓢泼在人们的心口,触目惊心,血淋淋疼痛。

小雨怡情,暴雨灾情。7月6日,武汉暴雨袭城,火车站被淹,地铁如瀑布,气象预报一路飙升红色预警,各路官兵迅速进入一级抗洪,阴霾压境,战鼓咚咚,连日来小城风狂雨骤,街道积水难排,居民小区成了汪洋之海,连平日里温情脉脉鸟语花香的官塘湖公园,一夜间仿佛沦为波涛汹涌的洞庭湖……小小县城,在这场肆虐的洪水猛兽前,亦是倾巢之下,安有完卵。

记忆里,夏季走向纵深时,正是家乡这片热土,热闹热闹的季节,早稻,花生,芝麻,红薯,黄豆……挨着个的,满畈青翠,摇曳,饱满,一节节走向丰盈;吹笛的牧童,赶着牛儿、羊儿,披一身向晚阳光,随袅袅炊烟香飘飘回家;梳着朝天羊角辫的小姑娘,羞答答掐一朵栀子花,别在发上、衣襟上,一路走过,远远就闻到清清芬芳;更有顽皮的孩童,一根竹竿,午睡间捣毁多少"知了""知了"……那时候,也有雨季,风一吹,雨一落,便是湿漉漉的谷粒饱满,丰收的喜悦,在田间,枝头,父辈的脸颊上高高亮起。

什么时候开始,这一切渐行渐远?故乡的土壤,那么多富有的生命,在一块块圈起的养猪场,一栋栋竖起的加工厂,一片片建起的度假村的繁荣下,一日日迅速枯萎,干涸,直至消失不见。臭气,废水,环境污染,大地悲哭,万物的伤口,势必轰隆隆演变成一场场暴雨,狂放,肆虐,不管不顾的杀将过来,毁灭绿油油的夏季,毁灭人和自然的高度和谐。整个六月,我只看到暴雨的肆虐,多少家园被毁,彻骨的痛,是这世界从我的胸口,掠夺了大片大片故乡的记忆。

洪水中,我能不能将一片片巨浪劈开,翻找出我熟悉的家园?洪水中,我能不能请出女娲,把打破的天空,再一次严丝合缝补住?洪水中,我能不能将天堂打开,让每个逝去的生命找到回家的路?六月,故乡,我怎么阻止一场雨的肆虐?

一场雨,是一场灾害,天灾无情人有情。一场雨,也是一剂良药,浸满岁月的苦和辛酸,痛定思痛,愿能众志成城,早日治愈漏洞百出的自然环境。

## 垄上行

故乡不远,可几年来,竟是咫尺天涯,不曾回家。

其实一直很想,约二三闺蜜,青春做伴好还乡,去深深浅浅的垄上,看一看我的父老乡亲,望一望那悠悠故乡云,掬一掬那清清故乡水,走一走那羊肠小道黄泥巴路,坐一坐那少时老槐树的疙瘩根,晚风轻抚,炊烟袅袅,看不尽家园夕阳红。

今天,三月的这个下午,阳光微微,清风习习,天气氤氲着薄荷般凉凉的滋味,满大街飘着红男绿女,间或挟过几许乡音潺潺,如蜜一样漫进我的心田,让我终于难耐对故乡的渴望和神往,来不及呼朋唤友,素颜青衣随风前行。

近乡情怯。飘逸的流云下,故乡在视线的深处,从四面八方向我传来一万种惊喜和呼唤的声音。东山上初绽的桃花,娇娇艳艳开在矮矮的枝间,笑盈盈透着即将花开荼蘼的喜悦。西山上一排排低矮的茶树,一派绿意怡然。路边一棵棵杨柳,竞相挂起一树一树嫩绿的帘,随风摇摆风韵撩人。两山之间,是一望无际沟沟壑壑的良田,一台大型挖土机轰隆隆在风卷残云平整着这大片大片土地,年轻的小伙子高挽裤脚,大声指引着挖机的方向,翻卷的土地,一块块涌起黑黝黝泥土的芳香。

近了,近了,走过一片绿草郁郁的山坡,拐过那些嶙峋松树下祖先的坟茔,踩着咯吱作响干脆的松球儿,我的故乡,青砖红瓦的楼房,鸡犬相闻间,蔼蔼炊烟,张开了热情的臂膀,拥抱着我的缓缓归来。

门前的池塘,挖掘修葺一新,那深深,清清的水下,不见了看得见底的臭泥巴,拱起的泥土,方方正正垒起宽宽的坡,新生着嫩嫩的小草,塘边弯弯的垂柳,在水面舒展着轻盈绿枝,漾过一圈儿一圈儿涟漪,逗起一惊一乍的鱼儿,欢快地游来游去。

还未回过专注的眼神,看见隔壁阿婆迈着三寸金莲颤颤巍巍走来,一声声呼唤着我的乳名,那么亲,那么甜,那么绵软,带回我久远的童年记忆。搀着阿婆,一路嘘寒问暖,得知堂弟堂妹均在外打工,长年丢下一双年幼的儿女在家读书,让年迈的阿爹阿婆照顾,每天还要侍弄畈里那七八斗农田。

我忍不住深深叹息。阿婆说:现在好啦,政府经常组织干部身入群众,心入农家,不仅让孙儿孙女安心读书,经常给他们买书买笔,还不时地派人帮着耕田锄地,下秧植苗……说着,说着,乐滋滋的阿婆满脸皱纹绽放菊花一样灿烂的笑容,喜进心田。

风含情,水含笑,篱笆院墙里传来热热闹闹的鸡鸣狗叫,视野里悠悠飘起小农家起灶闻香的温柔祥和,一缕缕把四方的炊烟染绿。走过那片小时候摔爬滚打玩耍的弯弯绕绕小田埂,一寸,一柔情,一步,一惊喜,政府把一粒粒饱含希望的种子,含情脉脉种在一块块温润的土壤,根植到故乡父老乡亲的心房。

变了,变了,厚土,高天,故乡的山更青了,水更绿了,广袤的田野里桃红梨白杏花艳。路通了,水净了,一望无际漫山遍野浓绿繁郁,攒一把可以捏出油来的沃土,三月天空下的故乡美的酣畅淋漓,犹如采菊东篱下,悠然见南山的世外桃源。

三月春风惠农家,你看,你看,我意气风发的故乡,正涌动着一场勃发的图腾,春天的绚烂。

# 第二辑 三 生活如茶

# 唯愿抱香枝上老

闺蜜旅韩归来。我清炖鸡汤,炒一二小菜,为之接风洗尘。

午后,慢火炖了鸡。及至下班一开门,便闻到满室一股清香,人的食欲顿起。打闺蜜手机,竟还在牌桌酣战,三言二语催她速战速决,我赶紧简单炒了一盘酸菜鱼,一盘腊肉蒜薹,一盘千张清炒小白菜,再用花生油凉拌一盘晒干的萝卜丝,配上腌好的红辣椒,摆上桌,看起来青、白、红、绿,倒也是色香味俱全。

刚刚张罗好,闺蜜气喘吁吁上楼来,一进门就大声嚷饿,说去一趟韩国,别的都好,就馋家乡的米饭,总觉得外面的饭菜不好吃。所谓故土难离,大抵就是这样的吧。坐上饭桌,我两个叽叽喳喳,大谈特谈韩国的风土人情,欧巴,靓女,更有美容护肤品羡煞人,亦贵得离谱,我们嘴不停,话不停,边吃边说,一顿风卷残云,盘干碗净,吃到打嗝为止。

收拾停当,泡上一壶苦荞茶,环顾我静如金沙一样沉寂的家,闺蜜又开始唠叨:你就这样一天到黑宅在家?不闷吗?换了我,是半天也待不住的。这倒是实话,闺蜜每日忙忙叨叨像一只百灵鸟,充满激情,亦充满斗志,在职场和牌场间游刃有余,热衷于制造热闹,并享受热闹。闺蜜和我,是打十四五岁的花季一起走过来,心性不一,经历不同,正如她无法想象我日渐的离群索居,我亦无法承受她的喧哗和动荡不安,这是习惯,源于各自生活的习惯,她有她的热闹,我有我的寂寥,我们以不同的姿态,在生活中呈现,闲时小聚,相互打趣,并不妨碍我们成为无所不谈的闺蜜。

生活不易,想起来总有意难平的时候。70多岁的母亲,退休后一个人寡居乡下,养鸡、种菜,甚至种地,她们那一代普遍的物质匮乏,让母亲一生节俭而劳碌。最让我于心不忍的,是母亲已年迈,又患有高血压高血糖,身边连个端茶送水的人都没有,不小心一发病就铸成终身遗憾,每每我们要接母亲过来养老,偏母亲固执,有一千个不来的理由,嫌小城逼仄,不如乡下自由,更舍不下田间的一草一木,无数次我急得怨声载道,又拗不过母亲,终究不得不以母亲泪流满面,我们心酸满怀而不了了之。

看着身边同事们的孩子留在小城,每日享受着父母亲自做的热菜热饭和嘘寒问暖,工作遇到烦心事,与父母讲一讲,可以及时得到长辈们的排解、劝慰,甚至是帮助和解决。而我膝下两子,学业有成,说起来挺懂事,也挺优秀,却是越大离家越远,看不见,够不着,远在他乡,鲜少联系,偶尔打来电话也是报喜不报忧,每每念及他们孤身在外,冷了、饿了、累了、苦了、痛了,都必须自己一个人承担,便忍不住心有戚戚,长吁短叹。

可见,很多时候,很多事,不由我们掌控,往往我们努力想改变的人和事,最终改变了我们。

不上班的日子,睡到日上三竿自然醒,然后洗漱,过早,洗衣、买菜、打扫卫生,一上午的时间匆匆而过。午后,泡上一杯绿茶,坐在阳台上,晒晒太阳,偶尔为家养的花草剪剪枝,再或者在手机上看新闻,逛淘宝,买的,不买的一路逛下来,就是不知不觉几个时辰;接下来散步,逛街,更多的时候,是看电视,看书,一走进文字的世界,我便浑然忘了时间,忘了悲喜,亦忘了牵绊……

一个人的浮世清欢,一个人的似水流年,小半生,就这样过着,亦挺好。这样的日子,每一天是重复的,其实又是不同的,我在日复一日的单调里,试着自我摆脱生活表面的重复,在无聊的时光,上上网,读读书,尝试做一点点有趣或有为之事,渐渐得变得内心丰盈,享受到不一样的乐趣。

慢慢地,视力下降了,记忆力减退了,三天两天小感冒了;慢慢的,交往的人越来越少了,朋友圈越来越窄了;慢慢地,锻炼、养生成为我每日的必修课了……慢慢地,我知道,岁月不饶人了。人是简单的,又是复杂的,我们每一个人总在抱怨别人不懂我们,其实,很多时候,我们自己未必懂自己。所以,认真说起来,人生在世,能够善待别人,并被人善待,才是对生活的不辜负。

未来很远,光阴很短,木心说:生活的最好状态是:冷冷清清的风风火火。我知道,冷清的是世界,风火的是心灵,人生苦短,删繁就简,我路过泥泞,路过风,路过一场场花开荼蘼,简心,素颜,执手这一份与世隔绝的寂寥,安安稳稳走过山重水复的流年。

## 二十有爱,四十有范

闲来无事,买来了 2.5 米长的《八骏图》十字绣。

一天天的光阴,成为绣着花的小日子,不疾,不徐,绵软而细碎,像钻进了悠长悠长的雨巷,七弯八拐,任是心里结满丁香一样的惆怅,任是窗外绿化带上的栀子花,白了一片又一片,一朵挨一朵的悄悄然绽放,客厅里的那盆高大的凤尾竹,不知道什么时候，一节节抽出了嫩绿的新枝……我想要绣得奔跑如飞的马儿，还是迟迟的，不见一匹匹，活生生丰神俊逸跳起来。

不急。反正闲着也是闲着，记得有人说"时间，就是用来浪费的"，真的不无道理。每天上班，下班，吃饭，绣花，上网，散步，日子忙碌着，也安静着，偶尔发发呆，间或写点心情，不多，不少，刚刚慢慢卸下琐碎的烦恼……一成不变的生活，宛如手中十字绣的针脚，细密，烦琐，重复得千篇一律。生活原本就是这样周而复始，沉浸在十字绣的日子，让我身在寂寞深处，不知寂寞为何物。

天渐次炙热，懒得出门。慵懒的午后，洗洗涮涮，捯饬好自己，打开电视，一边看，一边开始挑线、穿针，按图索骥的绣花，是我近来每天的日课。因为一心绣花，看电视，不消说成了听电视，为提神，自然选择一些综艺娱乐节目，莺歌燕语说说笑笑的。最常看的是江苏台的《非诚勿扰》，断断续续看了不老少。这是一个大型征婚服务类节目，一拨拨的翩翩王子来，一拨拨的豆蔻春花艳，许是靓女们一心热衷于"秀"的缘故，看上去很登对的一对人儿，往往落花有意，流水无情，最后无疾而终。

寻常过日子，身边要是看到一两个大龄未婚男女，不亚于看到了熊猫国宝，觉着很稀奇。非诚勿扰的舞台，熙熙攘攘，闹哄哄你方唱罢我登场，就像一个剩男剩女的大观园，女的比颜值，男的靠财值，那些超龄的男女嘉宾，带着种种你想都想不到的奇谈怪论和择偶理念，看得人瞠目结舌，继而哑然失笑。相亲的舞台，短短十几分钟，靠的是眼缘。白玫瑰，红玫瑰，首先，你得成长为他眼中的一朵玫瑰，才有可能去长成他胸口的那粒朱砂痣吧。

张爱玲说：出名要趁早。我说，树上不会永远停着你的那只爱情鸟，嫁人要趁早。姻缘，不是一个人的一厢情愿，往往爱情来临时，从来不是自己当初想象中的模样。刻舟求剑的故事，志在告诉我们:剑在,船已走远。

缘分天注定。曾经,张国荣对梅艳芳说:等我们到了四十岁,你未嫁,我未娶,我们就在一起。2003年的愚人节,张国荣从文华酒店跳楼,选择自行了断,同年12月30日,梅艳芳因肺功能衰竭悠忽离世,那一年,她正好40岁……盛极一时的当红歌星,竟过不了"四十不惑"的坎,一前一后突然陨落,令人心痛之余,一切,冥冥中是不是早已写好了结局?

阡陌红尘,浮躁,功利,凉薄。见多了女孩子二十岁,在自由自在追逐爱情的年纪,偏偏抱着"做得好,不如嫁得好",不屑身边咫尺可握的爱情,偏偏热衷于嫁个父辈,幻想着傍上大款一夜暴富;及至到了四十岁,手中大把大把的钱和满柜子华衣丽服,早已满眼寂寞空虚冷,才知道自己想要的,不过是年轻时那纯纯的懵懂爱情,那个悔呀,纵是悔青了肠子,回不去曾经的青春。二十有爱无钱,四十有钱无爱,似乎预示女人们一辈子,想要的面包和爱情,阴差阳错二十年,鱼与熊掌不可兼得。

这是一些我绣花时眼前晃过的画面,零零散散,似乎没有多少关联。一如手中2.5米的绣图,一针一线,一寸一缕,我忘记了我曾经从哪里开始,又将到哪里结束,我在绣花时忘记绣花,在悲喜里,路过悲喜,一切与我无关,一切又尽在眼前,些些伤感,些些温暖,让我所有的日子成为柔软的日子,所有的念想,终究成为念想。

"一座城,一片沙漠,卷起千堆雪",这是三毛和荷西想要的简单幸福。所以,三毛说:小小的天地里,也是一个满满的人生,我不会告诉你,在这片深不可测的湖水里,是不是如你表面所见的那么简单。想来你亦不会告诉我,你的那片湖水里又蕴藏着什么,各人的喜乐和哀愁,还是各人担当吧!

# 倾我所有去生活

　　一场雨，一夜间泼熄了盛夏的炙热和干燥，迎来了秋的清爽。一大早，窗前的鸟叫声声，清脆，悦耳，此起彼伏，天空像蒙着一袭黛青色的纱，朦胧，隐秘间，慢慢褪成鱼白色，进而渐次明朗，清晰，阳光开始一缕缕照进卧室，窗帘徐徐飘起，大片大片清凉的风，吹了进来……夜在苏醒，我在苏醒，小城在苏醒。

　　我喜欢这样的早晨，带着微微的睡意，嗅着花香，听着小区里的人声鸟语，和远处隐隐传来一两声汽车的鸣笛，一切似真似幻，仿佛还在梦里，我的一天，就已开始。没事的时候，逗留在长长的阳台，浇浇水，剪剪枝，侍弄几株家养的绿色植物，吊兰，红掌，茉莉花，凤尾竹，一场雨后，它们都蓬勃勃伸展枝丫，添了几叶嫩绿。

　　幽静的小区，大片的花草和树木间，红砖青瓦，一幢幢楼房错落有致，曲曲弯弯的石径小道，种满了各式各样的花卉，在每一个季节，都看到有怒放的花朵。上班路上，一行行紫薇搭成姹紫嫣红的花廊，阳光从香樟树的叶间，斑斑点点渗透了下来，合欢花，夹竹桃，月季，草丛里一些叫不出名的紫色小花，还在艳艳地开着。拐角处的石凳，石桌，坐着三三两两的老人，乘凉，唠嗑，斗地主，带孙子，嬉笑逗趣，一派祥和安宁。恍然回到了小时候住在湾里的情景，淡淡的日子，一下子变得亲近，温暖，触手可及。

　　晚饭后例行散步。置身在健身的人潮中，一个人绕着观塘，

大大咧咧的走来走去，不说话，亦不呼朋唤友，来也匆匆，去也匆匆，一任湖边的风声，水声，乐曲声，声声入耳。走着，走着，我常常走神，如入无人之境，漠然掠过喧闹的人群，一颗心，徜徉在夕阳下的金色世界，似乎和任何人都没有关联，显得与眼前格格不入般疏离和郁郁寡欢。我喜欢这种流动的疏离方式，无拘无束进入自我，可以什么都想，也可以什么都不想，这样的状态，最能够让我身心自在，沉溺其中乐不知返。

和大多数煮妇一样，闲暇我也绣花，绣时下那种风靡大街小巷的十字绣，聊以打发时光。一副2.5米的"八骏图"，我衣不解带，足足绣了一年半。绣的过程及其烦琐，冗长而乏味，绣出来的成果，几乎看不到我手绣的笨拙，倒是装裱起来挂在墙上的八匹马丰神俊逸，色彩饱满亮丽，动感十足，呼之欲出，仿佛一个眨眼，就风驰电掣跑了下来，带你去驰骋广袤的大草原。

看书，看电视，看别人的故事，成为我消遣时间的主要方式。喜欢亦舒，喜欢她用简练的文字，语气平淡的叙述一个个灰暗的爱情故事，喜欢那些情感背后蕴含的痛楚和苍凉，很真实，很蛊惑，很透彻，似暗夜里盛开的一朵朵昙花。只是，那一朵朵昙花盛放过后的寂寥，不知道有多少人能真正体会，一如她的书名《她比烟花寂寞》，只有懂得生活，懂得寂寞的人看得懂，看到无言，看到灵魂深处。

对家，我一直充满依赖，很少在外面吃饭。早起，我会用薏仁百合紫米熬点粥，下班回来，会花上一个小时做饭，炒上两个小菜。乒乒乓乓炒菜时，脑海里出现苏美的《倾我所有去生活》的片段，"回家看到她打小从来没有什么话非说不可的父亲，居然破天荒在厨房里当当当切菜，为她做饭，一边教她怎么挑鱼腥线，怎么用蛋清裹牛肉，泡菜太酸怎么办，一边对她说：一个人，也要好好做饭,好好吃饭"。这样的话,这样的画面,不经意间总是湿了我的双眼。

"一个人,也要好好做饭,好好吃饭"。多么简单,又多么韵味深长,轻飘飘的一句话,或者一段文,像一枚重磅炸弹,轰然之下,潜移默化教会我们,即便如烟花般寂寞,也要——倾我所有去生活。

我知道,写字与绣花,其实也是如烟花般寂寞的事儿。

于是,与写字,与绣花,我都是兴之所至,浅尝辄止。

# 忧伤的小调

## 1

幽蓝的天,一弯淡淡的月牙儿,静静笼罩着池塘里清凌凌的水。

雨后的晚风,凉飕飕带些料峭,吹皱一层层细碎的波纹,慵懒地折叠着对岸路灯的倒影,一闪一闪,迷离而恍惚。让人寂寂的思绪,也或远或近,随着水波荡漾。

身边时不时走过三三两两散步的人,挟过小小细细的风,和不经意间随风飘落的闲言,碎语。

巴掌大的小城,居然很少遇见一个熟人。

静夜,冷月,暗香浮动的伤春季节,容易滋生若有若无的惆怅。悠悠的她,一任乱红飞过秋千去,在自个幽幽的世界里,不管

不顾的兀自寂寞着,忧伤着,沉浮着。

来来往往,没有一个人,留意她兵荒马乱的落寞,和那些如蒲公英花儿一样,一碰就轻轻飘散的淡淡忧伤。

## 2

远的,近的,漫无边际,她的思绪,有些傻乎乎的,漫不经心,想起一些人和一些事。

她和他,也算朋友,原是邂逅于网络。临屏相对的时候,他说,会借个肩膀给她靠一靠。明知戏言,她仍然笑的灿烂,甩出一个抓狂的表情,没心没肺的说:就算一生不用,他的肩膀,也必须时刻,为她准备着!

虚拟的世界,因为遥远,有时也能制造小小的浪漫,随性的一些小暧昧,拥有一种春天的小温暖。无关风月,而风月无边。

某日,她和他成了同事,成为,天天可以俯拾可见仰息可闻的人。四目相对的时候,她,读懂了他沉默下的疏离,和一些不为人知的小担忧。除了哑然一笑他有些孩子气,她也只能,用无语对待他的沉默。

生活的距离近了,心的距离,就被无限放大。眼前他在,他也不在。

人生有太多的事和人,太多的他或她,总在不经意的意外走开和改变。曾经的友谊如隔年的陈茶,等闲变却的,不是故人心。

一笑一尘缘,有时,也令她淡淡的忧伤里,有一些小小的落魄。

## 3

  常常孑然行走在文字的寂寞花径，偶尔，采一朵小花，种一棵小草，用一些自以为是的东西，唯美的编制着梦里霓裳。

  斯时，只想简单的写字，咿咿呀呀乐在其中。晨昏暮午，日走云迁，寂寞流年与文字相伴，不离不弃耳鬓厮磨，固执的相信，美丽的童话，总是离她很近。

  一路走来，某日，回首偷偷喵一喵，蓦然发现，旷日习以为常的恬静和从容的文字，如八宝楼台，看着华丽，碎拆开来，不成片段，零落成了不胜缝补的百衲衣。

  依然见花落泪对月伤怀，七零八落的思绪，夹杂着零星的只言片语，一味在脑海里左奔右袭，寻求着释放的出口。只是，有些不能说，有些不想说，还有一些不能自圆其说，对自己的否定，换来一声声叹息。那些弥漫在心底的失落，席卷起莫名的忧伤，在文字的乍暖还寒里，让她举步维艰，溃不成文。

  写字，缘于热爱，从简单到复杂，原是浑然不觉；写字的人，追求无极限，注定要不断地厚积薄发和推陈出新，复杂的读和写中，再想回归到最初的简单，不忘初心，却是，多么的，多么的不容易。

  对于文字的迷恋，她不知道，自己还有多少可以坚守的勇气和底气。而盘桓在心中挥之不去的，是对文字的困惑，左走右走，念天地之悠悠，独怆然而涕下，又叫她，此去经年，如何能够不忧伤？

4

郎骑竹马来,绕床弄青梅。

多年以后,他还是一如既往,万千宠爱犹在。在他满怀柔情地包围她的落寞时,她是不由自主地退,退,退,一退再退,直到,退到,无处可退。

他不知道,她在逃避什么。正如她不能告诉他,其实,寻常人过着小日子,她不希望总把她捧得高高在上。两个人的世界里,需要一种平等,让她温暖;需要一种霸气,让她仰望。些许柔情些许疏狂,雄关漫道,润物细无声地让她,心甘情愿把毕生的爱,卑微地开在尘埃。

青涩柔媚如桃花般的爱情,桃之夭夭,灼灼其华,也会在岁月,在流年,在心田,在某个伤风的角落,缠绵,憔悴,直至伤痕累累,疲惫不堪。

相爱恨早。

取次花丛懒回顾,曾经沧海的心如止水,可以任它明月下西楼,遍生的仍旧是无心爱良夜的层层忧伤,缓缓流淌,在时光的缝隙里,没有河床,可以搁浅。

5

有种寂寞,无处不在;
有些忧伤,无法对抗。
只想,把那浮躁和繁华打灭,觅那,清淡祥和。

# "衣衣不舍"

在衣服的世界里,我如鱼得水。

打小就爱臭美。那时候普遍的一贫如洗,况且我上有两个姐姐,一件衣服,新三年,旧三年,轮到我缝缝补补再三年。清贫的日子挡不住对美的追求。七八岁的我,每天会在放学路上,低头在漫山遍野的草丛里,采摘一些叫猫儿头的草药,聚齐晒干,到集市上换些零分毛角。会把家里用过的牙膏皮,姐姐们梳头掉的碎发,一一收集起来,卖给走村串户的小贩子。等过个三月半载,我黝黑而浓密的头发,长长的扎起大辫子,赶紧仔细剪下来,也能换来几元钱。加上攒下的那些钱,到年底,我可以为自己裁件花衣裳,除夕之夜迫不及待穿在身上,快乐的心情像花儿一样开放,美滋滋等待过新年。

那一种望年望月望穿新衣过新年的滋味,经年后,我每一想起,都不禁莞然,甜蜜满怀。

喜欢的衣服,一般都有些属于个人化小记号。比如腰上松松系着一条带,隐隐约约衬托着苗条。胸襟上一个小装饰,素素的,是小小花骨朵的精致。再或者一袭红或黑的连衣裙,红要红得姹然,黑会黑得淋漓,穿起来,神色漠然,带着一种与世疏离的丝丝冷冽,似乎与这个世界,与身边热闹的人,保持着若有若无的一点点距离,飘扬着说不出的自在和空灵。

常常庆幸生在寻常百姓家,让我对衣服,从来不会为悦己者容。简单流畅,不需要我每天精心熨烫,随随便便一穿,舒适又得体,千元的衣服和路边小摊淘的衣服,我一样穿得心安理得。倘或心情不错,学个淑女垂手如明玉,竟是不费吹灰之力,把淘来的衣裳,轻轻松松穿出品牌的范儿。其实,挑衣如看人,往往需要看一眼就怦然心动。只是,衣柜里不断变化的衣裳,再也无法让我,穿出小时候那种心心念念的况味。

女人与衣,总是相看两不厌。最初读张爱玲,看到发黄的照片上,尖尖儿下巴,清冷眼神,裹一袭华美的旗袍,站在旧上海的光阴里,三分妖媚,七分优雅,带着看透红尘的淡然和不屑,那样平静的,安静地望向远方,美得让我无数个午夜梦回。高挑个,不瘦,不胖,修长腿,纤细腰,浑圆臀,再把弯弯的眉儿,锁成一首小令,撑一把油纸伞,袅袅婷婷,打江南窄窄的雨巷走过,十足倾城的画面,想一想就让人心生无限向往。

读书时,极喜欢汉朝女子,短而紧的红绸小袄,松松罗衫长裙,把女子的性感和苗条,掐得如风摆柳般恰到好处,蹬着吱吱作响的木屐,飘逸、轻灵,款款如水般,在眼前袭过一抹绸缎的绵软和温存,最是那娇俏的风韵,除了曼妙,渗入灵魂深处的,还有,不绝如缕的尘烟里,入骨的些些薄凉。她们是古典的,是入诗入画的,是婉转在月光之外的,与我,隔着今生烟火,在柴米的日子里,诡异,迷离,不离不弃散发着古色古香的韵味。

远远欣赏,只能远远欣赏。这些绸缎,旗袍,抑或绸缎做的旗袍,精致的近乎伤感。相隔年代久远,总在那些春光暗流转的女子身上,散发着丝丝缕缕的相思和柔媚,始终,仿佛与爱情有关,如一株奇花异草,在时光的缝隙里,固执得开到花事荼蘼。

一剪美,任是如何华贵的衣服,终究是女人的附属品。女人与衣,水乳交融,美丽的不是衣,是穿衣的人,能够让人感觉到衣服后面的生命,有着生动、怡然而张扬的表达力,才是穿衣的最大魅力。

这辈子,我只想与衣,"衣衣不舍",彼此相守那份贴身的温暖和寂然,经得起时光和沧桑的漂白,直至,优雅老去……

## 合欢花开

官塘湖公园,东隅,临湖,并排立有两棵开花的树,一棵是合欢树,另一棵,还是合欢树。

湖西北边,也有一行合欢树,零零散散,约有十数株。今年夏天,雨季太过悠长,凌厉,恣肆,导致合欢花的鲜艳,远远不及往年。晨跑或晚散步,一到拐角处,老远闻到一种熟悉的香味,淡淡的,润润的,若有若无,又丝丝入鼻,一抬头,便看到艳如霞,粉如团的合欢花,我的心情,油然而生,那种雀跃不已的欢喜。

初识合欢花,是那年看《甄嬛传》。那时候追《甄嬛传》,可谓衣不解带,当我看到孙俪饰演的甄嬛,微仰尖尖儿下巴,神色清冷,决绝,把一朵小小的,粉粉的花,托在掌心,那艳,那魅,超凡脱俗,从此如蛊一样,种在我的心底。以致数年后,再度想起《甄嬛传》,全然忘了后宫佳丽如何宫心计,犹记那一抹绯红,在记忆的掌心里粲然,醒目。也许,一切美好的东西,它的存在,往往一刹那间,惊艳了时光,惊醒你所有的感觉。

因为甄嬛,我记住了合欢花。暮色四合,站在一树一树合欢花下,我的脚步忍不住流连忘返。你看,你看,一朵朵,一团团,花丝

细如针,柔如发,状如扇,艳似红唇,粉如少女脸上的潮红,羞羞答答,格外惹人爱怜。偏合欢花花期特长,几乎缠绵一整个夏天,不张扬,不喧哗,暗香浮动,柔软了人间多少酷暑难耐。元好问的词"吐尖绒缕湿胭脂,淡红滋,艳金丝",一个"淡",一个"艳",隔上千年,俨然画出合欢花湿如胭脂,巧笑倩兮,十足"春风人面小桃枝"的俏模样。

连日来风雨飘摇,鲜少有晴天,偶尔打合欢花下走过,树上一派明媚,树下一地乱红堆积,同一时空,合欢花一边一朵朵俏立枝头,一边一朵朵又零落成泥,演绎着生命的盛放和凋零,你见或不见,它都安安静静在那里,那么艳,那么冷,又那么凉薄。都说花开是诗,花落是梦,仿佛花,仿佛自己,仿佛一场早已注定的宿命,一脉相承人间多少离合悲喜?期期艾艾下,脑海里飘来席慕蓉《一棵开花的树》,"而当你终于无视地走过,在你身后落了一地的,朋友啊,那不是花瓣,那是我凋零的心",花谢花飞,常常让人心有戚戚,眼睁睁见一地落红无数,终究还是分不清,凋零的是花,还是人心。

合欢花日开夜合,而枝枝叶叶皆可入药,疏肝理气,安神活络,花可泡茶饮,可熬粥,老叶可洗衣,可驱蚊。无疑,合欢花美,美得自然,美得简单,又美得如此赏心悦目,这样的美,适合远远的,安安静静驻足相看。认真说起来,炎炎盛夏,看合欢花清凉凉开放、凋零,实际是看一场生命的轮回,不过是等闲日子里,于心的一隅,寻一缕花香,一份心境,一幅自得自乐的简单而已。想来,任繁华万千,我自随遇而安,自然,简单,才是心中最大的快乐和满足吧。

"向道相思,无路莫相思",是合欢花语最真实的写照,"相思"一词,有蜜味,轻轻念起来,舌尖一个打滚,都甜得掉蜜汁,亦有魔性,遥远,缥缈得让人不敢轻易碰触。莫若夕阳西下,凭栏时,看花,看水,看晴空万里无云,有凉爽的风,徐徐吹来,我在树下,和花一起,一边喟叹,一边欢喜,雨季,花香,浅的夏,看得见郁郁的年华,在夏日的合欢花下,郁郁盛放……

原来,喜欢可以这么简单。合欢花开,我喜欢,且简单,快乐的喜欢。

## 口胃生活

立秋了。暑气一退,人的胃口渐次好起来,吃嘛嘛香。

民以食为天,每日开门七件事,柴米油盐酱醋茶,样样关乎吃。我是无肉不欢,记得小时候,湾里要是有哪家逢喜事,会在院子里一溜摆上十几桌,乡亲们吆五喝六,大碗喝酒,大块吃肉,反反复复说得最多是:吃好喝好……那场面的恢宏我忘了,可那香喷喷的大块子肉,馋得我哈喇子直流,唉,少小离家,很多年再没吃过家乡那样香的大块子肉啦。

我不太会做饭,常常对会做饭的人,仰慕之心总会油然而生。譬如我大姐做得一手好菜,色香味俱佳不说,都是我喜欢吃又做不出来的硬菜,去她家蹭饭,我往往吃得舍不得放筷,惹得我小儿子老是一脸鄙夷戏谑:"一妈养的,区别咋这么大呢?"羞的我恨不得找个地缝钻,羞归羞,我照吃不误,并大言不惭地向全世界宣布:我就天生一吃货,这辈子最幸福的事,莫过于餐餐顿顿,有现成的好饭好菜吃。

现如今，做饭已不是女人专利，这正好给我的懒，寻得名正言顺的借口。印象里，最好吃的，是打小乡村土灶里的锅巴粥，黄亮亮，脆生生，在浓如牛奶的米汤里，用稻草烧得滚滚开，就点腌萝卜，我可以敞开肚皮吃个饱，完了还恨不得舔碗。吃过最稀奇的菜，不是山珍海味，是那年我们姐几个去洛阳看牡丹，晚宿在一同学家，看她破天荒把鱼肉混合在一起爆炒，烧出来的菜，肉不腻，鱼不腥，惊掉了我得眼珠子，吃起来的味道，再也忘不了。

朋友们会做饭的不少。譬如芳，窈窕淑女，美得花见花开，琴棋书画诗茶酒，样样拿手，红烧猪蹄也居然弄得有模有样，看着馋涎欲滴，羡煞我等；那个老丑，名字起得好丑，实则帅得一塌糊涂，帅就帅呗，如刀客一般，写得一手另类文字，嘎嘣嘣，麻辣辣的，让人看了醍醐灌顶，还直喊带劲，这都罢了，居然也烧得一手好鱼好肉，真是了不得，行走天涯，分分钟成为女神收割机。不止他们，还有那老木、花花一众人等，啧啧，做大菜如烹小鲜，让我好好见识了一把，帅哥靓女们的才华，是怎么横着溢出来的。

羡慕归羡慕，我不是狐狸，吃不到葡萄，仍喜欢葡萄的酸。小日子还得自己过，不拘萝卜白菜，只有先把自己喂饱了，我才有力气去品味葡萄的酸不是？大丈夫能屈能伸，小女子能煮能烹，我会炖汤，红烧肉烧得有几分看相，倘若愿意费点小心思，油淋个茄子，加两个青椒，再不济，清炒个菠菜，黑木耳炒小白菜的，三五个人，十来个菜，还是拿得下。特喜欢一早起，红豆绿豆薏仁，加几片干百合，或几颗红枣，丢在电饭煲里熬，出去跑一圈回来，汗流浃背，粥熬的刚刚好，盛一碗放在茶几上，红红白白，印着茶几边的黑花，不光养生，看着也是一种享受。

俗话说：一夏无病三分虚。立秋后，是时候进行食补，日常饮食要以健脾、补肝、清肺为主，多吃鸭肉，豆制品，水果要吃梨，枣，那些西瓜苦瓜黄瓜的，性寒凉，真要"呱呱坠地"不吃为好。萝卜号称"土人参"，含有丰富的维生素 C、芥子油和膳食纤维，入秋后新鲜白萝卜正上市，买几个切成丝清炒一盘，有美容功效，还可降血脂、软化血管、稳定血压，是中老年人最爱。其实，吃什么和不吃什么，做菜是技术，吃好是艺术，我们在大鱼大肉，大快朵颐的时候，别忘了管住嘴，迈开腿，谨防"贴秋膘"贴成个大胖子，那就真欲哭无泪得不偿失。可见，生活改善了，要能吃得营养上来脂肪下去，好好善待我们的胃，是善待生命。

最近网上一条微博火起来："我还是很喜欢你，像风走了八千里，不问归期。"很多人争相和之，我顺手摘一句："我还是很喜欢你，像盛夏树梢上的蝉鸣，乐此不疲。"是不是文艺感爆棚？再摘一句："我还是很喜欢你，像钗头凤搁下了最后一笔，相思成疾。"婉约如宋词之美的有没有？他们歌颂的都是爱情，从来爱情与面包如影随形，更何况我拒绝一切，无法拒绝美食的诱惑，索性，我也就着面包给你上道小甜品："我还是很喜欢你，像老鼠爱大米，贪而无厌。"哈哈，有没有雷到你，笑得满地打滚，吃嘛嘛香呢？

## 花草年华

1

一直想做个温暖的女子。

尽管，我知道，这世间诸事繁杂，人心叵测，很多人很多事，

不由我们自己主观掌控;我也知道,自己往往一遇事就情急,毛躁,急赤白脸,有着这样和那样的缺陷,温暖一词,几乎离我很远,很远;我更知道,那些一直躁动在我内心深处,对温暖的渴望和执着,一如2015年的春天,来得这么猝不及防,却又真实,宁静而安详。

漫漫人生,我从未放弃做一个温暖的女子,在通往温暖的路上,我一直,一直努力前行。

## 2

周末,和几个闺蜜一起,疯到老街去玩。

很多年未走进老街,老街变了,也老了,远没了往日的车水马龙。中山街的店铺还在,还在一字儿排开,两边卖些服饰和日常用品,夏日正午的阳光,洒在一线天的巷道,零零碎碎照在身上,一点也不炙热。走着,走着,那种物是人非的沧桑感,一路在脑海,固执的盘旋,挥之不去。

我们几个人,东瞧瞧,西望望,没什么可买,慢慢走到街道南端,没想到意外碰见了初中丁老师。丁老师教过我们英语,嫁做人妇后,辞职来老街做了服装生意到至今。多年不见,老师风姿未变,热情,健谈,甚至能够准确无误叫出我们一个个的名字,我们围坐在店里,讲起陈年旧事,谁谁逃课了,谁谁不及格,师生间笑作一团。闲谈中,丁老师一直笑眯眯,言语温柔,细致,体贴入微,似知心大姐,问及很多同学近况,有一种如沐春风般的感觉,轻悄悄拂过我们心间……看着老师温和的笑脸,恍惚会产生一种错觉,仿佛校园里那些逝去的花样年华,一下子回到了眼前。

我看到,午后时光,丁老师微倾着身子,面带微笑,温柔地倾听我们讲话,浑身上下笼罩着一层梦幻似的光。

这场景,妥妥的,暖暖的,无疑是沁人心脾的。

这些温暖,与人相交的深浅无关,亦与人相处的长短无关,是内心深处的敦厚和温和,日积月累,自然而然散发。

我决心:学会温柔,学会温柔地倾听,要做,就做和丁老师一样温暖的女子。

3

感叹这个春天来得快,走得也快,还没有好好感受春光烂漫,恍惚间,已到了夏天。

一天天,平淡重复着平淡,单调叠加着单调,不知不觉过了小半年。许是因为今年,放弃了早该放弃的,不用再为些无谓的事,伤脑筋费心神,我心情一直平静大好,始觉时光悠然,浑然忘我。莫看我们这一帮子闺蜜,平时一个个在外面一副恭于事,检于行的正经模样,一碰到一起,就火花四溅嘻嘻哈哈没个正形,临了还时不时没心没肺慨叹一句:姐们,还没有好好享受年轻,就已人到中年。

想来,该去的总该去,该老的时候,自然会老。

这一年,我醉心淘宝、锻炼、花草,和游山玩水,一个人的时间,统统被这些琐琐碎碎的事,填得满满。家住高楼,宽敞向阳,闲暇时自是养了些易成活的花花草草,如凤尾竹、吊兰、芦荟,还有栀子花,茉莉花等,不名贵,好打理,没事的时候寻点土,找个钵,就那么随手一栽,然后扔在阳台旮旯角里,记起来浇点水,忘记了也不怕,这些植物都不需要我精心照料,几天半月不管不顾,再见亦是绿油油,一定悄悄添了新枝嫩绿几许。

前几年朋友送我一盆秋兰,我宝贝得跟养儿子似的,天天盯着、看着、伺候着,那盆兰儿也争气,一到秋天,就噌噌地发芽开花,满室生香。可惜好景不长,去年过年,来家的客人打牌消遣时,居然直接把烟灰弹在了兰草盆里,好好的一盆兰儿,硬是生生给祸害死了,心痛了我好一阵子。后来在街上碰到一个老爹爹,挑着一担兰草,开着一朵一朵的花儿,我一见满心喜欢,一下子买了几株,去爬山时特意挖了些山里兰草生长的土,简单栽在盆里,浇了水,放在阳台角落,过段时间一看,兰花不仅活了,还竟然抽出了一二嫩枝,在微风里向我妩媚招展。你看,盆还是那个盆,兰已不是那株兰,因为换上了适宜的土壤,沐浴着水和阳光,用不用心,它照样生机勃发。

家里栽得最多的是吊兰,那种家常的,有金边,宽叶的,茶几上,窗台上,甚至酒柜上,随处可见。这种吊兰生命力旺盛,可水培,可土养,剪下长在枝蔓上带根的小植株,弄点土,顺手栽在瓶瓶罐罐里,过不了多久已枝繁叶茂,牵出细细的藤蔓,开细小白花,不惹人注意,却入目皆绿,十分有趣。茉莉花不娇贵,算是最好打理,喜肥,勤浇水,俗称"晒不死的茉莉",丢在阳台外,暴晒也不怕,不久后翻出新枝,长出小小的花蕾,开在暗夜里,香幽而馥郁,像夏夜天空缀满的小星星。其实,养的最省心的,莫过于朋友送我的一盆野生映山红,枝丫横生,高低不一,枝蔓上的花儿叶儿一味恣肆、散漫的生长,带着一种原始、不羁的山林野味。

一个人的时光,独在一隅,在花草间行走,恍然觉着花草是我,我是花草,于自我的世界里,自由自在攀爬,生长,盛开和怒放,你见或不见,我都在默默芬芳。

都说,岁月是把杀猪刀。

很多人走着走着,就散了;很多事,念着念着,就忘了。

时过境迁,物是人非,是这个世界上,最无情的利器,它像一个魔术师,会让人生很多东西,随着时间,深深浅浅,露出它原来的面目,最后,往往是深的,会越来越深,浅的,消失不见。

而我,历经小半生的颠簸和曲折,爱过,恨过,也痛过,慢慢完成了一个女人成长和成熟的蜕变,开始醉心于花花草草,步入休养生息的年代。

木心说:我的精神传不到别人身上,却投入了这些绿的叶紫的茎。

一室的花花草草,在寂寂的时光里,与我朝夕相对,一起呼吸,一起生长,又一起静默,我听到,它们在暗夜里,发出一声声叹息,仿佛多年的知己。

不离不弃,彼此倾心。

## 家居桃源

小半生,似乎一直在为蜗居摸爬滚打。

2009年,当股票从6000点一路飞滑俯冲到2000点,省吃俭用的一点积蓄,随着鼠标一点,缩水更比黄花瘦。轻悄悄一个转

身,我没有跳楼,而是买了楼——全洲桃源。半年后房价暴涨,股市里丢的,不曾想到在楼市里打了个"翻身仗"。所谓否极泰来,正如人生很多事,福祸相依,跌入最低谷,总会迎来向上的机会。

小区依山傍水,建有物业、学校、医院、酒楼、超市一条龙配套设施,还布局有广场、草坪、凉亭、球场、滑滑梯和儿童乐园,偶尔路过小广场,瞟一眼篮球场上健儿们的龙腾虎跃,会不期然感受一种热血澎湃的情愫。乔迁桃源,偌大的小区,被我脚步丈量的地方,好像不到四分之一。上班族惯常两点一线的日子,除了向西,顺中百出门的一条逶迤坡路,是每日上班之路,再就是向东,曲径通幽拐过花园人家,宽敞的柏油马路婉转绵延回娘家外,我每晚绕观塘行走三圈的习惯一直未变。夕阳西下,走过曲曲弯弯彩条砖铺就的林荫路,越过宽敞的草坪和高高矮矮的奇花异树,来到观塘堤上,从这头,走到那头,从那头,又绕回这头,堤上清风送爽,灯影人声,湖面粼粼波光,像一匹巨大的抖动的金缎子,甚是宜人。

桃源种植的花卉真多,一年四季,常见的,或不常见的花呀树呀草儿呀似乎都有。银杏、桂花、香樟、青松、翠竹、冬梅……寒冬腊月,有红梅,白梅,还有难得一见的黄梅,俏立枝头香气逼人。春分后,曾经攀山越岭才能看到的漫山映山红,这里比比皆是,桃花、梨花、栀子花、月季、芭蕉、紫薇花、合欢花……叫得上名,或叫不上名的花儿,在不同的季节里次第开放,不论啥时啥节,随随便便拐个弯,总会不期而遇一簇簇花儿盛装绽放的惊喜。最是那栽在浓荫树下一朵朵小小的白花,似花非花,平淡,平凡,衬托着老树新叶的粗壮虬枝,古朴,沧桑下掩映着生命的盈盈生机,入目亦依然素雅,简静,看一眼便无法忘记。

小区里皆是砖石铺就的弯弯小路,九曲回环乍一看像迷宫,分不出哪栋是哪一栋。夏天一早起来,会听到窗外树上叽叽喳喳的鸟鸣,三三两两的老人慢慢走出来,石桌石椅,或坐,或蹲,或摘菜,或叙家常,或打打小扑克,或逗弄胖乎乎的小孙子……花前树下,家长里短,说笑声不绝于耳,金色朝阳下的小小巷道,一个个老人越发的亲热欢畅和硬朗。倒是年轻人,朝九晚五的,骑着摩托车、电动车、自行车,如蜜蜂一样匆匆穿进穿出,每天汲汲营营,即便一个单元,住的门对门,撞脸亦是相逢应不识,关上门,大家各自忙着自己的生活,反显得这盛夏里,更多的昼长人静和陌生疏离。

　　晚饭后溜达溜达,仲夏的夜色迷离,这儿一群,那儿一簇,咚咚锵的广场舞,是桃源小区里一道靓丽的风景。衣衫,舞影,跳动的音符,使得来来往往的人,连同路边的红檵木,草坪上的窃窃私语,眼前飞过的小蛾子,皆沾有洋洋喜气。散步时,看人跳舞,单是远远的看看,边走边听,那丝丝缕缕的鼓乐声,仿佛一双温柔的手,轻轻得拂过肌肤,触目处,一派清爽,万家灯火。

　　高高的观塘堤上,会偶遇几个年逾花甲的老人,一个吹笛,一个拉二胡,一个亮起嗓子唱京剧。老人的二泉映月拉得如泣如诉,而笛声亦潺潺流淌如湖光月色,兼抑扬顿挫的一板一眼京腔,合唱在融融夜色里,唱得星星,草木,行人皆正正经经肃然起来,唱得人心静如水,没有是非恩怨,亦没有悲苦欢喜,天地如此的高远,湖水如此的清澈,就连草丛里偶尔传出蟋蟀的一两声轻鸣,都是那么亲近,似回到了小时候,一声声,就入了人的心里。

　　今儿秋分,细雨霏霏。门前矮小的紫薇花,仍然一路开的姹紫嫣红,那看上千遍也不厌倦的合欢花,撑了一整个夏天的粉红色小扇,一团团娇俏绯红,涛声依旧流连在枝丫,堤边的柳,浓郁郁垂下千丝万缕,似藏起人寂寂的心事。木质的桥上,尚有三两对小恋人,倚着湖边的石栏杆听雨,聊天,嬉戏。一步步走过木桥,咚咚的脚步,不经意踩醒了潮湿的秋……渐渐的,人声寂了下去,听得见木桥下风吹过水面的响声,犹如当前一场七月流火过后,随之而来的八九月份天气,再赶着遇个小雨初湿,更觉人间温润安宁,岁月静好。

归来,细碎的脚步,窸窸窣窣行走在绿茵茵的草坪上时,我常在想,桃源深处,离红尘很远,离心灵很近,亦好像秋天里一畦畦丰盈盈田野上的碧云天,宁静,清澈,旷达而干净,斯时斯景,适宜安放一颗简单的心。记得电影《中国合伙人》有句台词:如果皱纹终将长在脸上,我们不让皱纹长到心上。在高楼林立的水泥森林里,有一块栖息的草地,听秋夜的风声,雨声,和着心跳声,不在世外,亦有桃源,感于杜甫的"大庇天下寒士俱欢颜"的千年慨叹,想来,我们是幸运的,亦是有福的。

长天,短夜,渐去渐远。关门,开灯,家里满是金沙一样深埋的静,把自己甩在沙发上,打开电视,正是好时候。

## 我为书痴

喜读书。尤喜在一个人的时光里,静静读书。

最美人间四月天,来得绚烂,走得更绚烂,满眼芳菲还来不及细看,季节不知不觉已轻衣,薄汗。很多时候,和很多烦心事,加上每天朝九晚五两点一线,几乎一成不变,让人的脚步,鲜少外出。唯一的情趣,就是在茶余饭后,沉浸在故纸堆中,随意捡本书,不拘从哪一章哪一页看进去,慢慢地浏览上几页,亦能"眼前直下三千字,胸次全无一点尘",渐渐找回内心的一种坦然,自在和宁静。

诗歌,散文,小说,杂文,心情札记……不论题材,但凡伸手可以拿到的书,我都看个囫囵,杂而无序。床头,几上,案前,散放的多见女作家的书籍,前有李清照,张爱玲,林徽因,近有安妮宝贝,雪小禅。困了,累了,翻翻书,与女人们细细碎碎的喁喁细语,柴米油盐中飘游着一些些风花雪月,我在充盈着诸多女人味的文字里游弋,心会不由自主地随着她们的情思,徘徊,婉转,轻舞飞扬。

五月天的空气,清新,湿润,阳光明媚,人亦仿佛沾了不少勃勃生机。这样的时节,适合泡上一杯清茶,茶香袅袅中,我再次读了张爱玲的《半生缘》和《小团圆》,这些书中,张爱玲走笔闲散,在文字上,在大胆的意象运用上,叙述平和又不拖泥带水,闲闲散散把旧上海的故居、童年、父母、姊妹,还有她和胡兰成的爱恨情仇,串联在故事中男男女女的矛盾挣扎,白玫瑰和红玫瑰的颠倒迷乱,既清冷,又决绝,读来令人感慨不已。一如张爱玲说:"这是一个热情的故事,我想表达出爱情的万转千回,完全幻灭了之后也还有点什么东西在。"

喜欢的女作家还有雪小禅,这个指尖捻花,银碗里盛雪的女子,文字极尽妖娆,火辣辣的游走在青春和爱情之间,名字亦十分禅意,更兼她一手好钢笔字,再配上白衣胜雪,无论是看在眼里,还是读在唇齿,都明艳艳的盛放着不一样的烟火。她的《无爱不欢》、《秋千架》,我每一次读,都仿佛回到了旧时光,生动的不仅仅是那些青春,更是那些纯粹、干净、亮烈的爱与情,一字一句,像一把小小的锤,轻轻敲在心底最柔软的地方,继而痛彻心扉,痛到骨子深处……雪小禅告诉我们:残酷的爱情才最真实,因为生活中太少花好月圆。平静如水的日子,我们需要不但注入新鲜血液,注入一些刻骨铭心,寻找疼痛,并享受疼痛,心方不至麻木。

冗长夜,灯下捧读最多的是《红楼梦》。红楼于我,从少小,到老大,常看常新,是百看不厌的一部书,翻来翻去,书的四角早已翻卷,一行行的小字,便有了光阴的青苔。《红楼梦》系章回小说,可独立,可连篇,最是一部关乎官场、职场、情场的百科全书。文中宝黛的爱情主线,在作者批阅十年,增删五次,一步步阡陌交错的叙述中,原本一个是阆苑仙葩,一个是美玉无瑕,衍生出功名富贵和世态炎凉,繁华落尽,到头来,落了片白茫茫大地真干净。

爱看红楼,不仅仅因为她是中华瑰宝,笔力恢宏地从社会、历史与文化的沉淀中去诠释人生,更陶醉在曹雪芹文字里,大到贾史王薛四大家族的兴衰存亡,诗词歌赋,小到妯娌姊妹间嬉笑斗殴,家常琐事的一饭一粥,连看家护院的杂役丫头,皆一笑莞尔,形神丰沛。黛玉小性,湘云热烈,探春能干,宝钗沉稳,凤姐儿泼辣,又惯用权术和心术,小施一计"调包",生生要了林丫头的小命……大厦将倾,注定树倒猕猴散,金陵十二钗,或死,或逃,或牢狱,或远嫁,像春天的花儿一样,各具姿态,各呈异彩。

机关算尽,反误了卿卿性命。红楼里有一种真真的善,一种峥峥的劝,像一道道耀眼的闪电,惊悚又光照深远。木心说:文学,是一个字一个字地救出自己。身为上班一族,我们怀揣一棵草木之心,去读书,读好书,足不出户的以书为镜,以史为鉴,远贪腐,重作为,廉洁奉公遵纪守法,又何尝不是在一个字一个字地救赎我们自己?

闲无事,信手翻阅余秋雨的书,他的文字大多干净利落,值得一睹为快,所取书名亦非常走心,譬如《文化苦旅》《行者无疆》《千年一叹》,最惊心的是《借我一生》,一个"借"字,道出了多少生活真谛?细细想来,人一生短短几十年,哪里不是借?衣食住行名利富贵,生不带来,死不带去,无外乎赤条条一个走过借过,路漫漫其修远兮,我们安居,乐业,不过是在追求着自己所要生活的时候,不卑不亢的一边失去,一边寻找。

案牍之暇,唯读书,唯有书可读,手不释卷,翻的是书,翻过的,亦是生活中种种不能承受之痛,任尔东南西北风,我自人静如磐,心安如玉,灵魂一直在书中行走。

## 月儿弯弯

黄昏散步,是我多年的习惯。

出门来,夕阳远远沉在了西山,红彤彤的霞光,映红小城半边天。微风习习,白天的暑气减了不少,皮肤上依旧感觉热浪灼人。走过一排排香樟树,越过矮矮的红檵木,路过三三两两行人,再回首看看撑着一团团粉红小扇的合欢花,一树,一树,已日渐消瘦……走着走着,一抬头,不知何时,一弯新月在天边荧荧亮起。

盛夏的夜空,幽蓝幽蓝的,低沉,静谧,干干净净不见一丝云彩,零零落落几颗小星星,眨呀眨,似对人说着悄悄话,淡淡的月牙,像一把弯弯的镰刀,又像是一滴离人的泪,静静的,幽幽的,

散发着清凌凌的光辉。

夜未央,月半弯。

突然惊觉,自入夏以来,我恍惚从未遇见大大的,圆圆的月亮。

许是晴一天,雨一天,一直阴晴不定的梅雨季节,碰上晴的时候,偏偏赶上月缺,让我一再错过,错过了月圆之夜。

错过月圆,却,无法错过人生的离合悲欢。

行走在观塘堤上,迎着湖面凉爽的风,有顽皮的孩子踩着滑轮,风一样从身边掠过,对面马路上的路灯,一盏盏,倒映在水中,忽长忽短随波荡漾,荡漾的人心事绵绵,撒撒捺捺,随之忽短,忽长。远远望去,广场那边,灯火通明人山人海,跳舞的,击剑的,太极的,一拨,一拨,一拨人比一拨人热闹,一拨音乐,比一拨音乐高亢。

褪尽烈日炎炎,夏天的夜晚,显见得比白天繁华许多,空闲下来的人们,大抵都走出户外,趁着微风,散步、锻炼、休闲、纳凉……霓虹灯下的夜色阑珊,让清淡淡的月光,显得若有若无,不被人注意。

索性,沿公路向南方走远,远离灯光,远离人群,远离尘世的喧嚣。

没有霓虹灯,天一下子空旷,高远,不再幽幽发散那种忧郁的蓝,呈现出迷人的水白色。半弧形的月亮,近了许多,看得见影影绰绰的桂花树,淡淡的月华,如水一泻千里,笼罩着天地、山川和树木,放眼处,一派干净,纯粹,平滑得不带一丝儿皱褶,那份清澈,清澈到人的骨子里,更兼某种清冷,让人不由自主抱起双臂,感觉夜凉如水。

视线上下,是夜幕下盛开的田田月色。人行道上,我可以看见姹紫嫣红的紫薇花蕊,一朵比一朵艳丽,还可以清楚地听见一声声虫鸣,断续,细碎,像轻唤,像密语,像喟叹,似乎怕惊扰了一帘月色下的浪漫。迎风而行,我可以闻到清风送递来香樟树的缕缕清香,悠悠滋长着月光下的某些惆怅,闭上眼睛,我也可以感受到弥漫在田野的盎然生机,感受到夏夜澎湃而来的月色,迷离,清隽,让人舍不得一脚一脚踩下去。

月色!月色!天地间的月色,淡泊,冷寂,洋洋洒洒,兜兜转转,连成白茫茫一片。

这时候的月色,静悄悄,不张扬,不华丽。因淡,而深入骨髓;因缺,而充满希望。

月圆月缺,一样是夜夜月色,不一样是看月的心情,和月下想起的人和事。木心说:"常以为人是一种容器,盛着快乐,盛着悲哀。但人不是容器,人是导管,快乐流过,悲哀流过,导管只是导管。"寂静的夏夜,远去了白天的酷暑和浮躁,月色冰清玉洁,因视角的不可测和不确定,带来心灵由此及彼的种种凉爽和恬淡,纵是生活如麻,谁是谁的过客,终究九九归一,简单、澄清如一弯月色。

原来,月儿弯弯,远在天边近在眼前,如水一样流过斑驳光阴,或阴或晴,一切皆是过眼烟云。

月亮走,我也走,我徜徉在月色下,又游离在月色外。

月色下漫步的过程,其实是自我走向一种自由与放松的过程,莹莹月色下,和自己,来一场灵魂与精神的奔走相告。这时候,简简单单的我,只想简简单单和月色走在一起,和清静走在一起,和流年走在一起,更重要的,和真实的自己,走在一起。

清风起,长相思,叹人生不如意事十常八九,欲磨还缺。莫若,今夜举杯邀月……

## 你若盛开,清风自来

九月,一雨成秋。

晚饭后例行散步,满城桂花香。观塘堤边一树一树的合欢,染着浓郁郁的绿,渐次谢去了昨日的嫣红。湖边的柳,不知细叶谁裁出,密集的枝条,一缕缕,宁静,悠然垂出一蓬蓬秋。就连路边的栾树,也不甘落后,迫不及待挂满黄灿灿的花,与青枝绿叶间,盛装如待嫁的新娘,等着秋天的迎娶。

转角处,明晃晃的街灯,广场里一拨拨的人,跳舞,击剑,舒缓的音乐,热闹非凡。走过曲曲弯弯的亭台,迎面一簇簇女人,或成对,或独自,闻歌而起舞,间或一个清脆,激昂,带着浓浓汉腔的声音,抑扬顿挫地说着:一二一,前进,后退……

这是一个老太,高个,清瘦,精神矍铄。头上戴着耳麦,随音乐的鼓点,起臂,扭腰,抬腿……一连串动作娴熟,气定神闲。

一曲未了,已是人山人海。不远处的喷泉开始喷水,伴着五颜六色的灯光和迷离音乐,起起落落的水柱,晶莹剔透凌空挥洒,视线里眨眼一派辉煌,火树银花间,整个世界,除了璀璨,还是璀璨,那些惊心魂魄的美,铺成不夜天的琉璃和壮观。

一直以来,我喜欢这种感觉,喜欢这种远远的,寂寂的,看着眼前一世繁华,而我,站在夜色阑珊处,想些无所想无所不想的心事,和某些不为人知的快乐。

或许,寂寂的心,固执如同春归的燕,始终眷恋着记忆的某个屋檐,不肯南飞。

十三四岁的花季,去老城"臭三角"那个小巷深处的"海飞照相馆"照张相,留下青春的足迹,是那个时期,我们每一个少男少女的梦想。三五成群,戴个小花帽,穿上平日做梦都想穿的花裙子,抱个吉他,装模作样或坐,或蹬,或勾肩搭背,羞答答站在老太的镜头前。有时候,遇上我们紧张,扭扭捏捏,老太会轻声软语,扶一扶这个的头,拢一拢那个的发,细细的指尖,温柔得像妈妈的手,牵引着我们的目光……随着一声声带有浓郁汉腔的"茄子",一张张黑白、彩色,花样翻新的照片,一一留下曾经的年少模样。

刹那年华,弹指过,二十余载春秋岁月,老太依旧不减当年,康康健健如一棵常青树,清爽、淡然,低低地开在尘埃,演绎着一个不老的传说。

像今天,在脉脉秋雨温柔的洗涤后,这个乍暖还寒的夜晚,宝蓝色的天空,有水汽氤氲的薄雾,空气清新而湿润,一个人步行在水天一色,任世界熙来攘往,安静地看灯火璀璨,看老太一招一式,反反复复数着"一二一",教人跳舞的场面,我都油然而生,一种温情和敬意。

记得去年,老太的儿子在我居住的街上做过早点,他的热干面,味道特正宗。盛夏时节,我上班顺便去那过早,总看到老太汗津津的教舞回来,洗洗手,不声不响帮儿子做事。想想那时,她一大早出去教舞,完毕回来帮儿子料理早点摊,等收拾完已近中午。下午,隔壁左右闲来无事的女人们,又聚集在她门前,铿铿锵锵学跳舞,一跳就是一个下午,晚饭后,她又忙忙地去广场教舞,一天下来,几乎难得空闲一小会,紧张像一个旋转的陀螺,不知疲倦的忙碌。

偌大年纪,一般人早已安享天伦。老太的一生,因勤劳而福

寿,因忙碌而斑斓。

至今,我仍然不知老太姓什名谁,不知她今年高寿几何。印象中,她应该比我母亲要年长很多,远没有母亲的臃肿和龙钟,甚至,我从来不曾和她说过一句话,更不知道她的背后,发生着什么样的故事,但,这都丝毫不妨碍,我对她一厢情愿的喜欢和艳羡。

走过广场,路过她的舞蹈队,我会忍不住驻足,回首,远远的看她,微仰着头,腰不弓,气不喘,一步步,一节节,不厌其烦的进退,旋转,她的动作,自始至终利落,潇洒,仿佛每一个舞步,都为她而生,因她而美……生命在于运动,我想,她一身从容优雅的气质,来自她的阅历,来自她的坚定,平淡人生,她一如既往昂扬乐观,积极向上,在时光里翩翩起舞,她是一个音乐的舞者,更是一个生活的舞者。

风起,夜静,你若盛开,清风自来。

夜凉如水,喷泉早已停止,广场上的人群渐渐散去,从一个小巷,拐进另一个小巷,我也慢慢走远,耳边传来丝丝曼妙的音乐,和着抑扬顿挫的"一二一,前进,后退……"的声音,一路伴我温暖回家。

## 懒得寂寞

每天,大把大把的时间,飘浮于宿命的掌心,前不着村,后不着店,一眼望不到边。

透过阳台,落地窗外香樟树,排排站,如华盖,郁郁葱葱,翠绿的枝叶间,密密麻麻开满一朵朵黄绿色的花;阳光淡淡,斜照着门楼的瓷砖,反射一缕缕光亮,斑斑点点,似人的心事,欲说无言;街道的电线杆上,偶尔停歇着小小的麻雀,一只,两只,鸣鸣啾啾,不知道是不是昨儿的那一对?

QQ静着,手机静着,室内的空气,一如既往静着。

寂静,有时候贴心如亲密爱人,朝朝暮暮陪伴,分分秒秒与我对视,探秘我的心声。

大多数时,一桌,一椅,一灯如豆,我手执闲书,听纯音乐,或是一首《平湖秋月》,清清幽幽的古筝,如水一样弥漫昨天和今天,缓解心的疲和累。换一首《枉凝眉》,似泉水潺潺的音符,缠绵,忧伤,婉转咏叹着一个枉自磋嗟呀,一个空劳牵挂,曲里曲外,一个人,一座城,谁为谁,心事终虚化?

间或起身,站在阳台,看人来人往,云卷云舒,看小城繁花似锦。五月的季节,明净,清新,时不时下场小雨,栀子花开,满城尽是香樟树的温润,更有一树一树的合欢花,撑起一朵朵粉红小扇,娇俏,柔媚,清幽,最与人相宜。

这样好的时节,我的视线,安静的穿过门前的香樟,穿过那两只麻雀唧唧呢喃,一任若有若无的思绪,扫视渐行渐远的五月。无聊的时候,去读书,写字,或者飞针走线绣绣花,呼朋唤友散散步,日子在光与影的穿梭下,我不动声色,埋头找寻时光缝隙间的花花草草。

偶尔也发呆,静静地想一些事,或一些人,视线很近,过往已遥远。匆匆忙忙小半生,多多少少会有些些私密,或者种种不如意,不与人说,怕与人说,寂寂的心灵深处,一点点,一瓣瓣,漫不经心开着彼岸天涯间不知名的小花,独在一隅,安静而寂寥。

人都说胡兰成凉薄,他其实也满心真爱。他说"我与他们一

样面对着人世的美好,可是只有我惊动,要闻鸡起舞",一个金童,一个玉女,她注定只是他的临水照花人。一纸婚书,胡兰成对张爱玲说:愿使岁月静好,现世安稳。翩翩才子的一纸承诺,有效期只有四年,从此桐花万里路,燃尽张爱玲一生一世的浓墨重彩,她不得不寂寞地匆匆逃离,星沉海底。

张爱玲的寂寞,是自我放逐的寂寞,一如最初惊心动魄的爱情,远远的,低低的开在尘埃。

情愿被他尘缘误,情愿被他情耽搁。张爱玲的爱,如此委屈,如此寂寞,又是如此心甘情愿。

原来,人世间的情和爱,乍暖还寒,最难将息。

一声叹息。转个身,泡杯茶,悬壶高冲,滚滚的茶水,泡开俨俨的茶叶,上浮,下沉,舒张,进退,暖暖雾气,氤氲在我的眼角眉梢,湿了叶叶田田的心海。日子亦如茶,品一口涩涩幽幽的绿,品着人生的春夏秋冬,寂寞宛若杯中茶,喝一口,少一口,唯愿现实安稳,常常会让我感觉,某种不言而喻的富有和知足。

小半天,或一帘夜月时,听一首歌,绣一朵花,敲一段文,时光漫长,无声无息,以一种涓涓流淌的姿态,不等,不怨,平心静气零零碎碎流过心灵的河滩,慢慢远去为一个个熟悉的音符,真实宛然如我低眉处,一针一线绣出的野鹤闲花。

心若静,岁月便静好。

心静如水,无边寂寞正如丝棉蘸着绯红胭脂,一圈圈,一层层,渗透,蔓延,飘香成一片片柔软艳丽的日子。

窗外的香樟树,无论什么时候,我随随便便望一望,它都枝节挺拔,一分为二、二分为四,与世无争,笔直朝天长,一年四季,枝枝叶叶翠绿圆润,却又始终铮铮,葱绿,坦然而寂寞。

多想站成门前一棵小小的香樟树,静悄悄,欣欣然,立在阳光照耀的地方,穿越前尘今世,穿过悲喜人生,守候麦田的幸福。

如是,我一直在穿过,穿过这盛年旧时光,穿过这如影随形的小寂寞……

## 快乐小屋

一间小屋,门脸朝着马路。我每天上班,会依依不舍,四次经过。

右边是八米巷,摆满小摊小点,清早卖着豆浆油条馒头稀饭,挤满熙熙攘攘的生机;左边是医院,或哭,或笑,出出进进着人生的喜怒哀乐。屋前的空地,一到傍晚,几个做宵夜的一溜排支起帐篷,挡了对面马路上的车水马龙,隔离的视线,让小屋充满一个小家,惯有的温暖。

小屋很小。乍一进来的光线,有些许黯淡,适应后,会渐次明朗。墙的四周挂满了保暖内衣,林林总总暖和了门外不住涌进的寒流。屋子中间堆着小山似的货物,货物后面紧靠一张书桌,放着计算器和纸笔。玻璃大门后立有一块一人高的镜子,没有人的时候,悄悄对镜凝眸,可以细数眼角眉梢悄然皱起的旧时光。

最里面隔了一个暗房,房门和墙一个颜色,不仔细分辨,难得看出来。巴掌大的地方,除了容人转个身的通道,再没有空处,只能放张一米二的床,床上铺着格子花土布床单,方方正正叠着两床碎花薄被。进门处悬挂一个小镜,几个纸箱子叠起,上面搁个木板,木板上琳琅满目摆满瓶瓶罐罐的化妆品。堆满杂物的衣架子上,高高

低低，凌乱而招摇，旗杆似的挂着几个女人换洗的小衣裤。

三个女人一台戏。大清早，外面晨曦才微微分明，红就起来开门。我向来赖床，萍早班前会先和红一起抬出两个售货的花架，摆好衣物。然后她们悉悉索索洗脸，梳头，过早，两个人神神叨叨，我自是睡不着，躺着听她们走出走进，间或看着她俩对镜描眉，灯光下，她俩长发飘飘，小镜子，妆初成，看上去楚楚动人，顾盼间飘扬着一股淡淡的清新。

白天，萍和我照旧上班，红一个人守店，没有顾客的时候，一个人寂寞难耐，她常常一个电话接一个电话催我们下班。红善歌，萍善舞，见天儿莺歌燕舞，我乐得屁颠屁颠跟她们走。店打烊的时候，幽默搞笑的红，轻轻抿口茶，"惊堂木"一拍，正八经亮起金嗓子，声情并茂唱上一曲《烛光里的妈妈》，听得人眼泪吧嗒吧嗒往下掉；单纯风趣的萍，有时候也来凑个性，扭起胖乎乎的身子，蛇一样灵巧，更兼一双芊芊手，如水般柔软、波动，凌波微步且歌且舞跳起一曲《荷塘月色》，姐妹们的嬉笑声充满小屋。

从来嘴不闲的胖胖萍，偏生馋着吃糖，我和红是一见她的甜食就毫不客气收缴，急得她直翻白眼，却也无可奈何。往往在我们谈笑正酣时，不太爱喝龙井茶的萍，抱个茶杯猛灌，完了咂咂嘴，笑眯眯放下杯子，稍息，立正，颇为得意打个报告：不好意思，两位姐姐妹妹，本妞刚喝完半包糖水，受用得很。都没有看到她在我们眼皮子底下怎么拿的糖，还居然就着茶叶水喝了？信了她的邪，气得我和红恨不得掴她那张破嘴。

只是天天吃腻了餐馆的菜，一到饭点，我们就愁眉苦脸，异常想念家常小锅小灶的清淡。

小城的朋友很多，有些人不想见，有些人，见了也白见。在我们无所事事，大眼瞪小眼的时候，惯会搞怪的红，竟然翻肠倒肚，挖地三尺找来中学同学三毛的电话,接通的那个刹那,我们就知道,他还是读书时的他,依旧沉静而豁达。

于是,锁上小屋,呼朋唤友,一行人,浩浩荡荡奔赴三毛乡下的家。

二十多年未见,三毛满面沧桑,不再是当年英俊的少年郎,咫尺天涯让我们唏嘘不已。好在一切已经过去,否极泰来,三毛的小日子过得日渐风生水起,我们几个说的说,笑的笑,这个嚷着要吃糍粑,那个偏想尝尝三毛菜园里自种的小菜,一个个叽叽喳喳,全然没有平日斯文,满屋追打着,嬉笑着,像煮沸了一壶开水,连空气都炙手可烫……

一弯新月,半世风雨,见或不见,念或不念,有些人总在那里。那些陈年旧事,那些鲜活的时光,无论遭遇怎样的坎坷或平淡,那份亲切和温暖,始终刻在我们骨子,不曾走远。

归来,走进小屋,先烧一壶开水,顺便数好红一天卖衣的钱款,清理桌上七零八落散着的零食,铺好被子,插上电热毯,一切准备工作,有条不紊进行。等水烧开,先搁一杯凉置,预备睡前泡蜂蜜喝,余下的姐妹们轮着泡泡脚……寒冷的冬夜,方寸之地,暖暖流淌着人的温度,茶的温度,电热毯的温度。

萍偏胖,红偏瘦,她俩一里一外,我居中,头挨着头,腿连着腿,或看书,或听歌,或闲话家常,小小的床,不亦乐乎挤下三个千金之躯……

世界很大,我们常常身不由己,被四面八方的风,吹打得七零八落空空如也;小屋很小,三个女人,住了一个冬天最寒冷的两个月,快乐的笑声,掀翻了屋顶。

林花谢了春红,火热的夏天即将来临,小屋的笑声,日夜在耳畔响起。这个周日,我与萍一起,如约奔赴红的一场疯狂之旅。

# 月轮穿沼水无痕

总有一片瓦蓝瓦蓝的梦，艳溢香融，轻叠数重，淡着燕脂匀注，如雨后七色的彩虹，似黄昏熔金的落日，明媚，浓郁，泼墨般的凝固那些深深浅浅的蓝，不离不弃装饰了我整个梦想的天空，生死不渝。

豆蔻年华时，心有多大梦就有多大，未来无极限，不知天高，不知地厚，那时候我可以恣肆地出发宣言：有朝一日我一定要成为一个落子不悔，胸有苍生的笔耕人。

斜立栏杆，默然，回望，曾经的张扬，竟然浸满一种颠沛流离的痛伤，瞬间层层叠叠包围了我，吃青菜萝卜长大的岁月，望不到尽头的蔚蓝色，不能界定的虚无和渴望，是一道无法靠近的美丽的忧伤。

最是人间留不住，朱颜辞镜花辞树。没有什么比时间跑得更快，疲倦的流云下，我听见大地上有千千万万种破碎的声音，薄凉的秋风里，我的目光，沦陷在矮矮的院墙，斑驳狼藉的瓦砾上，吊着三五个黄黄的没精打采的丝瓜，兀自在零落的叶上招摇。

还好有暖暖的秋阳，淡淡的热光和密集的隐伤，温暖那些冷傲的料峭，午后的阳光，向我传来遥远梦想飞溅的光亮，我仰起头，踮起脚，再一次炽热地找寻梦想，不防天空中那轻飘飘的一抹一抹蔚蓝，仍然灼伤了我的双眸，还原我最初的荒凉。

不得不任由心灵停下来简单地呼吸，仔细审视脚下的热土，单薄的我与曾经的梦想,隔着的距离,不只是天和地,还有骄人的才情和旷达的文思。伤高怀远几时穷?无物似情浓。我已不再有当年的激昂,褪尽曾经的青涩,刨去岁月那些激情燃烧的冗沉和浮躁,除了灵魂的锈迹斑斑,我的梦想,仍然搁浅在遥远的遥远的天涯,瓦蓝瓦蓝的闪亮。

像秋天的风,把满目萧索一夜间陡然拎落在大街上,卷起遍地落叶,易得凋零,更多少、无情风雨?即便我有梦在怀,奈何身如鸿毛,一株贫瘠的草木,怎样盛开那朵艳丽的奇葩?于是梦想的翅膀总在诱人的飞扬,扇动一种坚韧的力量,昂扬着无边的威严,明月清风,小桥流水,炊烟下的夕阳,在心的深处深沉的呐喊:低下去,再低下去,低到尘埃!

行走于文字之间,把凌乱的根系伸向大地,纷纷坠叶飘香砌,生命不止,写字不息。心若在梦就在,从此写字予我,不求闻达,乐在字中。寂静的午夜,黯然的季节,听着旧年轻柔的老歌,写着经年落寞的文字,我的风华我的流年,在我的指尖激情飞扬,素筝一弄湘江曲,声声写尽湘波绿。一个人的夜晚,漫卷清愁,浅行寂寞,倾听文字歌唱,听到了满怀花儿的开放,于是便激起从容的无限生机,柔软了落寞时光,遍生一种旖旎的温暖久久萦怀。

此刻,窗外车水马龙,喧嚣的街道人来人往,阳光下柔柔的风儿,在瓦蓝瓦蓝的天空飘荡,唤醒我潮湿的遥远的梦想,小小的,轻轻的,贴着砰砰心跳,把记忆的尘埃悄悄吹散,悄悄播下一粒希望的种子。尝试着捏一捧故乡的泥土,搅合千年寂寞的流水,我仰头遥望曾经久远的梦想,仍是西风依旧,寂寞流年,小园香径独徘徊。

竹影扫阶尘不动,月轮穿沼水无痕,要多少个挥汗如雨的春耕夏种,我才可以化蛹成蝶,长成秋天一棵小小的开花的树?

# 滴答，滴答，滴答答

## 1

滴答，滴答，窗外的雨，淅沥沥的下。

QQ放歌，反反复复唱："滴答滴答滴答滴答，寂寞的夜和谁说话……"

一灯如豆，初冬的冷雨，一遍一遍的，我轻轻问自己：湿漉漉的夜，拍打着谁的泪花？

## 2

习惯。习以为常。一个人的执手相看。

一直习惯，习惯默默付出，习惯亲力亲为，习惯为家为孩子，默默规划打理。

只是，有些事，做着做着就懒了；有些话，说着说着，就冷了。

## 3

一年时间，以为可以改变很多，其实，很多已无法改变。

把我当成宝，不说明你对我有多好。你的改变我看得见，我日渐沉默，你会不会有所发现？

忘了,什么时候开始,你回,或你走,我如此安之若素?

## 4

日子闷而沉,像一座座山,翻过一座,还有下一座。

曾经共青梅,你已不再骑竹马。回不去的过去,很多时候,我宁愿一个人,高一脚低一脚,走着我的路。

但只怕,心空,一切皆空。

## 5

雨冷,风冷,夜冷。

再也不在意,一路有没有你。不想说,不愿说,不能说,人生诸多无奈,说不说,喋喋不休的抱怨,只会让心,更寒冷。

懂不懂我,不要紧,但请看见我,眸底深深的忧伤。

## 6

婚姻如茶,饮不尽你的冷暖,我的悲喜。

叹人生十常八九,多情最是灞桥柳,三生石上情缘误。

终究,流年淡,笑声渐。

## 7

某日,小儿说,以后找女朋友,不找太有主见的女孩子。

轻飘飘的一句话,听的我心惊,继而窒息。想当初我也曾小

鸟依人,强势不是我的错。

怕伤害,已然是深深的伤害。

## 8

离兮,不离兮?
摇摆不定。人生向左向右,注定了伤痛。
雨声,心声,一声声,滴呀滴。

## 9

佛曰:一花一世界。
滴答…滴答…雨说:活在当下。
滴答答的雨夜,想念一些过往,触摸一些刺骨,和薄凉。

## 10

生活,没有十全十美。
走在一起,是缘分;一起走着,是福分。
掬一捧冷雨,写一段心事,感谢人生!

## 花间的心事

一朵栀子花。

一簇栀子花。

一树一树栀子花。

在年少乡间的弯弯道边,在六月梅雨的季节,悄悄的,嫣然绽放。

这个挥汗如雨的夏天,早已不见了年少时的蝉鸣,蛙叫,却于村落中,于瓦砾间,于庭院里,甚至于小小阳台,随处都可以看到白白的栀子花,一朵朵竞相开放,平凡,纯粹,触目可及,叫人始终无法忽略她的美丽。

一瓣儿,一瓣儿,素素的花儿,在翡翠般绿色的枝叶间,凸现一朵朵雪一样的轻淡。白花,素颜,清香,真是伊谁三两朵,胜彼万千丛,让枝头打坐的静时光,如曾经轻盈的旧模样,安静地划过清夏温润的脸。

小小栀子花,晶莹的花瓣,把透心的馨香,舞出一片片柔媚的阳光,简单,干净,漫无边际在空气里,独自氤氲着迷人的香味。

最是那步月归来,晚风习习,夜色下的栀子花,轻披一层淡淡月光,香气,清露,点点素洁,瓣瓣含情……一帘月下,那白,那静,那朦胧,飘然出尘有着一派疏疏风骨,花影摇曳间,树恰人来短,花将雪样年,更有一种蚀骨的媚态,媚得让人心动。

一钩新月风牵影,暗送娇香入画庭。想着,这简单的风和韵,这深刻的柔和媚,一直以来,淡淡装饰着我明月下的一帘梦。

喜欢月下的栀子花,和栀子花下的日子,很幽静,很纯粹,很自我。

想起曾经看过栀子花的花语:永恒的爱,一生守候和喜悦。多么纯洁的花语,多么美好的寄托。

一看到花语的那一刻,是惊,是呆,是沉默。一句话,一辈子,我欲邀花舞,意还恐夜深,一瞬间把我一生的柔情、从容和婉约,一网打尽。

淡淡栀子花,在平和、温馨、脱俗的外表下,蕴含的是美丽、坚韧、醇厚的生命本质。

纷扰红尘里,一切都是镜花水月。不如,用一颗喜悦的心,宁静的守候,简单、干脆,删繁就简,留下这片片绿叶,支撑起洁白饱满的花瓣,婷婷、亦无忧、至永恒。

多好。想来我的骨子里,一直就是盛开着这样的栀子花,它安静着,茂盛着,纯粹着,在心的彼岸,白衣胜雪,你念或不念,我一直在孤独的角落里,守候一份天真,执着流年里的暗夜花开,天荒地老。

而那些青春里的片段,曾经的故事掩盖了我脸上的天气,指尖的温柔,栀子花下一场梦,终不过是记忆里或深或淡的一抹白,芳香深处,是沉沉寂寞。

栀子花开呀开,开遍季节,芳馨世界,以最干净,最纯粹的姿势,骄傲的,清丽的,一路寂寞地,欢喜地,开呀开。

庭前栀子树,四畔有桠杈。未结黄金子,先开白玉花。今夜,我,就是滚滚红尘里,那一朵千年的栀子花,与你执手天涯……

## 我若不殇，岁月无恙

### A

最近一句话特火：友谊的小船，说翻就翻。

不喜欢聒噪，更不喜欢张三面前絮叨着李四，就如不喜欢这绵长的雨季，让一些忧伤如雨，倾盆降临，落在心底，又挥之不去。原只想安安静静待在一隅，习惯性朝九晚五，习惯性交往着那么几个朋友，习惯性敲打三五行文字，聊作心灵的出口。文字之于我，有时狂野，有时温婉，是蛰伏在内心深处的洪水猛兽，又是谁都无法企及的那一世温柔，有些不想说，有些又不吐不快，一吐出来，那些漫过骨子的阴湿，就如这夏季的梅雨一样，苦涩，绵长，一刹那间，侵蚀得人心疼。

原以为，只要与世无争，只要心存感恩，只要懂得和仁慈，不欺人，不害人，默默地活在自己的世界里，努力生活，微笑向暖，就是幸福。

只是，不如意事十之八九，生活从没按照我的想当然来上演。越来越发现，远远近近，大大小小，日常中需要处理的情感与困惑，似乎日益增多，错综复杂，不光要有慈悲为怀的心肠，还要有游刃有余的洞察和解决各种人际关系的能力，温柔相对，而冷暖自知。偏偏我是一个后知后觉的人，很多时候，往往我一腔热情，突遭一盆冷水，甚至脏水后，激灵灵回过神，才惊觉，时光不

只是一把杀猪刀,还是一块试金石,让所有的一切,无处遁形。

益友,常常用这块石,试得我泪流满面;损友,会用这把刀,雕琢得我日趋完美。

我至今不知道,我们的疏离是从什么时候开始,有一点我知道,同是女人,我们曾经一路惺惺相惜,携手走过那么多峥嵘岁月。仅因珍惜,你怨或不怨,以及为什么怨,我早已一笑而过。在我心里,你仍然是那个大大咧咧没心没肺没心机的人,仍然在我的记忆里,笑起来不管不顾,哭起来稀里哗啦,疯起来没日没夜。

说好的一辈子,你中途下车。

一别两宽,各生欢喜,愿我们不相怨,不相欠。愿你过得比我好,你在你的世界精彩,我远远看着,就好。

B

人生在世,谁会不遇见几个损友?无损友,不成熟。

曾经看到一句话:你身后若中了冷箭,说明你走在他们前面;若被他们伤着,说明你走得还不够远,还在他们的射程以内。不要停下来解释自己,你需要继续往前走,直到谁也伤不了你。这样的鸡汤段子,网上随处可见,鸡汤有鸡汤的好处,它不亚于你身在无处攀附的岩石上,刚好伸过来的救命藤蔓,在你临近崩溃时,有物可抓,不至于失手掉落悬崖,沦为别人的笑柄。

每个人都有故事,每个人都有自己不得不过的生活方式,这世界,没有谁比谁更容易。你过得好,那是你的事,与我没有半点关系,你看得见别人表面的风光,看不见别人背后不同于常人的坚韧和努力。不论过往多么糟心,我依然纯良,恋旧,一心向善,愿意一厢情愿记住别人的好,痛定思痛后,发现自己有时候真的自我，小性，脆弱得不堪一击……感谢生活的倾轧，让我有机会正视自己，改变自己。

人生本是一场有来无去的单程，好的，不好的，都是沿路的风景。对你好的人好，是本能；对你不好的人好，是本事。所谓吃一堑长一智，我庆幸自己一直沉默以对，不管自己曾经有多委屈，不再轻易向人倾诉，固执以自己的方式，不冷不热，不悲不喜，慢慢消化着那些好或不好的情绪，渐渐改变一些坏脾气……有朋友说我近来真的变了，变得从容，变得云淡风轻。我知道，不是我变了，只是我厌了，我做不成人人喜欢的，一定做得成自己喜欢的，我相信，只要放开脚步，心无旁骛走着，走着，一定会成为另一个不一样的自己。

105岁的杨绛先生说：我和谁都不争，和谁争，我都不屑。

我不是棋子。在这一场懒得开始的博弈里，我落子无悔。

C

三天端午假。其中有两天，我在路上送节礼，还有一天，在逛街，买要送的节礼。

日常看书，上网，养花花草草，或者追一部电视剧，溜一个弯的习惯，不得已被打破。紧锣密鼓的，为敲定儿子的终身大事，从呱呱坠地，到立业成家，原以为一路很难，很长，很远，没想到，一下子就"咣当"一声，掉落在我眼跟前。

按说爱情，是两个人的事，简单，可婚姻，终究是两个家族的事，不简单。几十年的婚姻让我明白，两情相悦，到执子之手，没有最好的，只有最合适的。想对儿子们说：在拼不了爹妈的今天，面包和爱情，往往不可兼得，我希望你们和另一半最好的状态是:"三观相近,共同进步;相互扶携,彼此成就"!经验之谈再多,小马终要摸着石头过河,不管结局如何,我都祝愿,你们的婚姻,是合适的标配,更多的,还因为爱情。

从来成功者,不是偶然。不抱怨,不放弃,我们一直都在努力,努力耕耘,努力收获,努力守得云开,才在站在生活的拐角处,迎来瓜熟蒂落的幸福,与我们握手言欢。

一直以来,我把我长成一株角落里的向日葵,隐忍,坚强,默默无闻,拼了命地向着太阳生长。风风雨雨二十年,一抬头,生活已然晒了我一脸的阳光。

说真的,这一刻我不羡慕谁,突然羡慕我自己,渐一番风,渐一番雨,渐一番凉,终于有了一个幸福女人的小样子。

未来不可期。儿子,我仍将不遗余力爱你,同时,好好爱我自己。

D

近一个月来,早上开始跑步。

晨跑,原是件极容易的事,对一个赖床几十年的资深赖床人来说,起个早床,是多么的不容易。

一开始,设定闹钟定在六点,闹钟一响,睡意朦胧的我,天知道要经过多少纠结,才勉强爬得起来。迅速套上 T 恤短裤,简单洗个口脸,便冲下楼去,在飘满栀子花香的空气里,半小时,一路小跑,一路汗流浃背。再后来,不需要闹钟,六点左右,我会自然醒。可见,没有打不破的习惯,凡事坚持,就会小有起色。

层层叠叠,深深,浅浅,是一望无际的绿,太阳刚升起,露珠打湿了鞋子,早晨的官塘湖,风景与平时不同。晨练的人很多,有跑的,有走的,有跳舞的,也有打太极、做瑜伽的,长衫短裤,各不相同。唯一相同的是,不论男女老少,高矮胖瘦,每一个人的脸上,一律淌着汗,泛着潮红,透着健康的肤色。

跑跑步,压压腿,赏赏景,伸展筋骨,我开始喜欢这充满生命力的早晨,喜欢这充满朝气的人群,置身其中,我恍乎一下子生机勃勃,满血复活。

归来,热辣辣冲个澡,看看阳台上的花花草草,浇浇水,剪剪枝,偶一回头,墙角的一朵月季,粉粉俏俏的,开得刚刚好。

外面的世界,就算再怎么喧哗,热闹,我都能静下来,一门心思宅在小小的家里,追一部热剧,看一本书,敲一段文,听一首陈年老歌……这都是一些多么细碎的小事,细碎到很多人不屑一顾,我却乐此不疲。

一天天的小日子,我在这些细小的事物里,积攒细小的快乐,收获细小的丰盈,慢慢把生活的苟且,一点点,一滴滴,过成细小的诗和远方。

有一种情怀叫——我只负责精彩,相信老天自有安排。

**第三辑**

三 山水如画

## 行走在人间四月天

周末。一早起,磅礴大雨,一行人,三辆车,逶迤向黄陂木兰驰行。

山路十八弯,约10时许,抵达木兰天池,和我们一起抵达的,是一眼望不尽的山岚,还有不知不觉消停下来的风声雨声。置身在天池脚下,漫步于湖边堤岸,穿花拂柳,走过一溜七彩风铃挂起的长长花廊,沿九曲环绕的木桥,徐徐向山顶攀援。四下望,细雨微微,花香漫漫,水波里映照崖上树木的倒影,晃晃荡荡,摇落一路走过的风铃串串,浅醉的心情,看山路上缓缓蠕动的人潮,恍惚一刹那,都变得轻灵婀娜。

林深树密,奇石险峻,沿路见粗粗细细的藤蔓,黑乎乎的枝丫,夹杂着绿叶和不知名的紫色花,在触手可及的头顶,织成天然的屏障,偶尔从叶缝间漏下一点点斑驳的光影,扑朔迷离。从上而下的一条大峡谷,巨石林立,忽宽,忽窄,忽而温柔如西施浣纱,忽而咆哮似春雷滚滚,一步一景,险象环生。依大峡谷扶摇直上的石阶,湿漉漉,却湿而不滑,镌刻岁月的沧桑,接连着密集的树,峭立的石,每一步都衬出不一样的风景。

越爬,山越高,石阶越窄,视角越开阔,一路奔涌在峡谷间的泉水声,也越来越响。走走停停,看看,赞赞,叹叹,在越过无数的奇石峭壁,爬过无数的台阶后,上到一处宽宽的平台,凉亭,石壁,深水谭,一挂瀑布,飞流直下三千尺,让我们的赞叹,忍不住喷薄而出……瀑布美如画,这画里有一半的景致,是属于峭石的。一排排奇形怪状的石,斜斜地插在崖上,掩在树间,或卧在泉水中,千百年来它们的沉默,坚韧,岿然不动,静悄悄地烘托出从天而降的瀑布,一泄千里,不羁,奔放和动感十足。

转过几个弯,忽豁然开朗,迎面一大排绿色的"墙",说是一堵墙,不如说是一幅绿色的画,宽宽的画,呈反L形垂直建两条天梯至顶端,我们沿曲曲弯弯的栏杆,步石阶,一口气上堤,便看到了传说中的木兰天池,一池湖水清幽深远,湖畔几弯扁舟,堤上一溜花坛,各种花次第开放,登高眺远,清风徐来,一颗心慢慢变得柔软。极目远望,层峦叠嶂,一派绿的海洋,深深浅浅,更兼是雨后新绿,绿得轻灵通透,一下子洗尽水泥都市带给我们种种的窒息和烦恼。这份被雨和绿过滤后的时光,人静若离世,心轻如出尘,正是人间四月天的色调,清爽、迷离,而饱含深情,除了一湖天池,还可以用什么来形容呢?

下山,就餐,觥筹交错间,缓缓流淌的,是组织这次活动的同事和他夫人及其老乡深深的情谊。一个办公室对坐十年之久,相处如同兄弟姐妹,他的夫人我是听其名,不见其人,今日一见,娇小,热情,耿直仗义,三言二语让我一见如故,心生欢喜。豫剧《花木兰》铿铿锵锵唱道"谁说咱女子不如儿男",一字一句,大抵唱的是她这种家里家外风风火火的铿锵玫瑰吧。黄陂人,木兰情,我们常常因一个人,喜欢一座城,因一座城,而记住一个人。

稍事休憩后,一行人出发,登山越岭,一路走过木兰山,木兰湖。从这山到那湖,看似巍峨相邻,实则遥不可及,湖光山色间,山还是那座山,湖还是那个湖,因为有了"双兔傍地走,安能辨我是雌雄"的《栏辞》,木兰山的石雕,木兰湖的鸟岛,木兰故里的一石一景,皆因花木兰的替父从军,"忠孝勇节"而出名。一路游走中,老天爷的脸说变就变，顽皮的像个孩子，一早阴雨霏霏，这会子已艳阳当照，一天的行程，亦走得如人生旅程，风一程，雨一程，风雨兼程，最后迎来彩霞漫天。

归途，遇见大余湾，徽派老宅，明清故居，我们徐徐走进，鸡犬声相闻，一条青石板铺就的街道，雕梁画栋，青砖黑瓦，街两旁的烟馆、赌场、斗鸡场，一应俱全，声色犬马宛如旧上海，门两边悬挂古色古韵的对联，屋里传出嬉笑打斗的皮影声，青石砌就的小院，石凳、石桌、石碾、石磨比比皆是，浸润着光阴的故事，恍恍然让人产生错觉，似乎穿越了历史云烟，来到明清时代。

一路走，一路惊艳。大余湾，看不尽的亭台楼榭，小桥流水，间或三二棵粗壮的槐树，开满白色的槐花，香气扑鼻。朴实的农妇，摆着小小的摊，陈列野菜、土鸡蛋和槐花酿成的花蜜，摊上摆着一堆堆槐花，同事一见直接下手，顾不上洗一洗，抄一把槐花丢进嘴里，甜得直咂嘴……古宅古街，槐花是一种风致，青石是一场云烟，氤氲出大余湾一片春光烂漫，多么想捧一捧槐花回家，置在案几，让这艳丽的四月天，住进我的小屋，与我朝夕相伴。

木兰故里，遇见你，遇见了人间四月天。

## 我看青山多妩媚

丽日，清风，饼干，矿泉水，三五行人，在这个秋天，轻装简从向双峰山出发。

一路向东。映入眼帘的是一塘水，一色滑溜溜石头砌成塘埂，青青石板，一级级顺阶而下，水中浮着三二鸭，有茶林、秋柿、野菊花、山溪、奇石、峭壁，还有随处可见的杜鹃花，一簇簇红艳艳，反季节如火如荼绽放。

沿逶迤石板路，大小不一的石块，从溪间铺出一条石径，到达一个石砌的篱笆，越过一个栅栏，巍巍然一座石屋，柴门紧闭，门前两株老秋桐，时不时落下几片黄叶，树上一硕大鸟巢。石屋边几丛翠竹，或挺拔，或青翠，阳光暖暖，仿佛空气里也荡漾着诗韵酒香。过长长石阶，见奇石耸立，山体裸露，巨石飞突，细藤悬漫。人行其中，一边悬崖万丈，一边奇石巍巍，薄薄的土层，长着枝繁叶茂的虬松，夹些细竹，跌宕中充满诱惑。

顺势下崖，进锦绣谷底，秋干少水，奇石堆积，踩窄窄石路，贴峭壁，小心翼翼，眼前一道混凝土人工坝，坝下是奇形怪的状山石峡谷，坝上蓄起一片碧澄澄的水潭，一眼望去，绿波荡漾，野鸭戏水，临近潭边，水中突兀两石峭立，光洁可鉴。绕潭而行，地平土肥，一畦畦菜地，种有茶田、白菜、大蒜、南瓜、葫芦，还有满眼望不尽的野韭菜，肥瘦俨然，翠绿可爱。平地边依山有一茅舍，几株绿树，石桌木凳，是中途小憩的绝妙场所。

弯过田田茶林，来到了双峰山传说中的二十四"螺丝拐"，才开始真正攀爬。顺坡而攀，坡陡而险，左边是山，右边是崖，密集的松树，结满厚实的松果，高高的野生茶树开着一瓣瓣洁白的花，脚下的石板，铺满细碎的松针，稍不留意，就一步踩滑。坡忽长忽短，七弯八折扭得极像一个铜螺丝，石阶一级比一级陡峭，一会间距咫尺，一会相距数米，或垂直，或拐弯，垂惊险万状。

大汗淋漓气喘吁吁爬上来，回头一望，秋水共长天一色，风景如画，立体分明。朝上，石阶顶端，斑驳石墙围山而立，昂昂然一夫当关万夫莫开的石门洞，时光一下子穿越到"以粮为纲，全面发展"的年代,一幢土墙老屋,瓦灶断壁见证了多少历史风雨?路随山转,景随路深,山巅折弯处见兰竹丛丛,根根奇秀,吸一口气亦是清新幽雅,竿竿修竹在聆听着这山之静、林之寂。

登顶,人仿佛飘在云端,听松涛阵阵,溪水潺潺,万壑千山,层林尽染,斑斓的色泽,宁静的云天,满山风景一下子显得格外葱郁而凝重。这一刻,仿佛这整个大山属于我一个人,所有世事归零,一切已如过眼烟云,小小的我,静立成这大山里的一块石、一株花草、一滴露水。

拐上新修的盘山公路,山多林密,迂回盘旋。一株老乌桕树,空洞的躯干枯成了一圈树皮,顶上竟是华盖满荫,生机盎然;一棵树根,长出粗粗的大树,竟达18根;不时邂逅一捧捧野菊花和杜鹃花,还有紫色的不知名的小花;天空中飞过一架飞机,长长的尾气,如巨龙摇曳在蓝天。

一抹晚霞,炊烟袅袅,历时5小时,行程近20公里,我们从山脚开始,又回归山脚,终于圆满。

## 港澳游,摇落的海湾风情

都说,人生是一场修行,身体和灵魂,总有一个在路上。

五月槐花香。历经近一个月的准备,从一衣一鞋,到吃、喝、用的各种装备,再到等待港澳通行证的发放,2015年5月25日,齐刷刷,我们一行6人,背上比我们背还宽的背包,向港澳出发。

行程6天,我们走过繁华,走过他乡的酒绿灯红,一路跌跌撞撞,一路又潇潇洒洒;一路食不知味,睡不安寝,一路又乐此不疲,全身心感受了一把飘在异乡,成为异客的千般滋味。

从小城出发,再回到小城,我们还是我们,我们,亦不再是我们。

## 香　港

各种排队,各种证,这不能带,那也不能带,出门一天半,我们还逗留在海关,香港,近在咫尺,看得见,摸不着。

终于脚踏香港,我们立马像上紧了发条的钟,嚓,嚓,嚓,不知疲倦的,以一种奔跑的姿态,穿梭在各大街道、饭店和珠宝店。初到香港,感觉什么都新鲜,包括香港人的服饰,店铺、语言,甚至空气都不一样。满眼立林的高楼,灰暗、朴素,泛着旧旧的光,显得有些年头。街道小而窄,一般都是单行道,路口基本不设红绿灯,过往车辆各行其道,没有鸣笛声,川流不息却又秩序井然,鲜少堵车。过斑马线时,我们这一群早已习惯了内地拥挤交通的姑娘们,往往傻愣愣站在那里左观右看,还在等车过,一回头,才发现那些车辆,已悄没声息地慢下来,司机不急不躁,慢慢地,默默地给我们让道。

四面连山,中间环抱大海湾,香港小呀,小到一个上午,我们就基本转完。一整天,我们跟着导游,没完没了的上车、下车,一路走过铜锣湾、太平山顶、金紫荆广场、海洋公园、星光大道……数起来,香港的风景胜地一大串,其实都巴掌大一点,三步两步走到沿,完全不如内地大片大片的河山锦绣。从一个景点奔向另一个景点,或购物,或吃饭,或如厕,啥啥都排队,我们匆匆忙忙累个半死,行住坐卧间,随时随处感受到在香港逼仄局促的外环境下,是

一个国际大都市的文明、干净、流畅和有序,马路没有扬起的灰尘,公共场合不抽烟,不吐痰,不大声喧哗,小小香港,每天接纳数以十万计的游人,人多,人杂,却拥而不挤,像流水一样缓缓的,在这个国际化大都市的港湾里,一波一波,自然而然流淌。

导游是个话痨,娱乐新闻八卦,东西南北神侃,他遥指车窗外鸽笼似的建筑,叫我们看,一多半的房屋没有阳台,香港寸土寸钻,三代同堂能住上四五十平方米的房子,在当地已算殷实之家,若再拥有一米阳台,就是奢侈。即便我们当晚入住香港首富李嘉诚的酒店,也是脚一伸能关门,好在麻雀虽小,设施一应俱全,凭窗远眺,风动处,万家灯火,湖光山色,倒是别有一番韵味。

走过大街小巷,可见家家户户供奉神龛子。在香港盛行看风水、搬家、庆生、开店、结婚、生子……家有喜事,都要请风水师勘探,风水师是香港独占鳌头的高薪一族。我们路过很多盘山而建的豪宅,如香港第一任行政长官董建华家,庭院深深,院子却大敞,没大门,寓意招财纳宝,不似内地达官贵人关锁重重。尤出人意料的是香港坟场,居然设在繁华闹市区,而依坟场,顺太平山顶而建的豪宅,更是一些巨星们居家首选地,斥资过亿,一般家庭不敢问津。

在香港,所有土地、房屋、学校、乃至公交等公共设施,皆为私人所有。我们内地人穷其一生的两大难题——教育和就医,在香港甚为方便不成问题。同时,香港不设养老机制,所有香港居民活到老做到老,朝不保夕,他们知道"手停"就会"嘴停",断了生活来源。这种资本体制,注定香港人一出生就为生计奔波,他们珍惜来之不易的工作,兢兢业业,没有不劳而获的概念。一路行走中,经常看到超过60岁的老头老太在认真工作。连我们的香港导游,亦是61岁,精壮,风趣,操一口港味十足的普通话,要不是他自爆年龄,其相貌和精气神,看上去也不过40来岁,丝毫不逊于内地年富力强的中年男子。

一路浏览,不觉天已向晚,一群人早已饥肠辘辘。晚餐时,尽管导游把两餐并作一餐,添了几个所谓大菜,端来桌上的几大盘东西,没一点看相,黑乎乎的还是大跌我们眼镜,无油少盐,食之亦无味。奈何大家实在太饿,出门在外,也顾不了那么多,一个个狼吞虎咽,全无半点平日的端庄秀气。连日来我们打仗似的行走在异域街头,大多时候大家是身前斜挎一个小包,背后一个大包,手上还拎一个包,负重而行,想着谁也不认识谁,于是常常是一副副衣履不整、云鬓不理、东张西望、饥不择食的狼狈和落魄样子,事后回想起来不觉莞尔,亦释然。其实,人在旅途,于香港,我们终究是匆匆过客,即便粗茶淡饭,素衣简行,沿途所见、所受和所感,那些好的,不好的,能够一路遇见,皆是美好。

是夜,我们坐游轮夜游香港著名的维多利亚港。华灯初上,维多利亚港夜美如画,这画里,有一大半的美来自万家灯光。一出海,迎面而来咸湿的海风,抬头处,浩瀚星空下白云飘飘,繁星点点,衬托着远处雾蒙蒙的山岗,以及视野里鳞次栉比的高楼大厦里,千千万万个窗口亮起的灯光,水天一色,天上的星,和地上的灯连成一片,分不清到底是星光还是灯光,璀璨、蛊魅、流光溢彩,一下子瓦解了大白天的香港,带给我们逼仄的坚硬感和压迫感,让人领略到香港无比繁华的大都市风情下,难得还徜徉着一派小桥流水人家的浪漫温情。

行程换了一处又一处,导游换了一个又一个,香港一行,给我最鲜明的印象,不在它颠倒众生的奢华珠宝和海底世界,而是它的风土人情,以及整个城市呈现出来的人文气场,不张扬,不淤塞,相比我们北上广深的堵车成患,香港这个弹丸之地,接纳四方

客从容不迫,这是香港文化,亦是香港特色。

　　归来。一推门,百几十平凡米的三室两厅两卫的小家,南北通透,平时不觉宽敞,怕是香港人一辈子想都不敢想。倘若晚饭后,沿小雨后的官塘随意溜达,空气湿润,乡音袅袅,小城人们闲适、怡然、优渥的生活指数,比起香港人,幸福得简直一塌糊涂。

　　故,知足常乐。

## 澳　门

　　进入澳门,路过妈祖像,入住北京王府大饭店。一下车,所有人惊得目瞪口呆,一路的舟车劳顿,顷刻间土崩瓦解,脑海里只有两个字喷薄而出:惊艳。

　　如果说,香港给我们的感觉,是一幅敛眉颔首,倚门嗅青梅的小家碧玉模样;那么,澳门,一登场便是艳光四射,光彩照人,如同火辣辣的旧上海名媛,大有银瓶乍破水浆迸的气势,很是先声夺人。

　　澳门"北京王府大饭店",说不上豪华,但绝对够气派。一进门高大的展厅,陈列一系列希腊雕塑和壁画,和室外的喷泉组合,非常吸引人的眼。走上高高的台阶,顺长廊上的壁画浅行漫步,摸一摸凹凸的战马大腿,动感十足,仿佛真的听到金戈铁马,气吞万里如虎。厅内几座希腊女神,偏安一隅静如处子,裙裾飘飘,青丝长垂、飘逸、温婉,让人一见如故,恍惚不知身在何处,没了思维,忘了疲惫,一颗心,整个人,就这样慢慢的,安安静静柔软起来。

　　早起,难得一见的蓝天白云,参观妈祖阁,一路欣赏澳门风光,来到传说中的大三巴牌坊。历经多少岁月洗礼,牌坊只剩下一堵高高的墙,但牌坊上的各种雕像,依旧栩栩如生,不论顶端高耸的十字架，还是铜鸽下面的圣婴雕像，以及被天使、鲜花环绕的圣母塑像，和有着中国特色的牡丹花，都充满着浓郁的宗教气息。透过眼前破落的牌坊，我们更多的目光，不在牌坊，而在牌坊后面的历史风尘。牌坊以黑白形象，屹立无言，于沧桑中，给人以无限美的遐想，仿佛预示着无痕的岁月，拂过宿命的掌心，那些值得怀念或者纪念的，回忆起来，多成为一场场黑白无言。

澳门，以博彩业为主，我们谈之色变的赌，在澳门满大街的成为一种常态，一种文化。是澳门庞大的赌场，成为支撑着整个地区经济的最大支柱。我们一行人，来到澳门大赌场——威尼斯人娱乐城，一进大厅，金碧辉煌，人头攒动，大到看不到边沿，数不胜数的各类自动化赌桌，成千上万的人在埋头赌博，全场却鸦雀无声，没有面目可憎的保安虎视眈眈巡视，无人抽烟，空气里弥漫着说不出名来的花草香味，整个赌场气氛轻松，平和，甚至显得温文尔雅，没有一丝丝血腥味。

更匪夷所思的是，一个聚众赌博的大赌场建筑，以水乡风格为主题，楼上建有大型人造天空和大运河，奢靡、繁华，充满威尼斯特色的房屋、花窗、拱桥、石板路，大运河里着奇装异服的黑人，悠悠然弹着小吉他，划着小船尖尖，造型奇特的划艇，以及舞台上不间断表演着小提琴演奏和相声小品……让我们一行人惊到尖叫，流连忘返，感受着一介赌场，竟温情脉脉地散发着最具动感的欧洲魅力，很文艺范，很国际范。

只是，在如此浪漫和含情脉脉的面纱下，夜来赌博声，家破知多少？多少人前仆后继，多少美好的家庭，须臾间毁于一旦？

他乡再好，终究是他乡。环游一大圈，生活终归于平淡，一方水土养一方人，还是喜欢家乡的一草一木，喜欢一大早的鸟儿，呜呜啾啾，唤醒沉睡的我，新的一天，就在这鸟语花香里，轻轻松松地拉开了柴米油盐的序幕。过早后,拎着路边买来的几样小菜,路过小区,不经意一瞥,广场里一树一树的合欢花,撑起一抹抹绯红,艳如霞,团如扇,正开得一个绚烂……

## 陌上,秋色如歌

深秋。二辆车,三五友,早起,前往大悟山一行。

季下是闰九月,时序已然立冬,晨风裹挟着扑面的寒意,沿途所见,皆是渐行渐浓的秋。我们从古城大道出发,驰离小城,驰离平日里须臾不离的繁华和喧嚣。透过车窗,蓝天、白云,远见的都是村庄、山岚、田野,还有田地里悠然放牧的牛,以及各种草木竞相铺呈开来的五颜六色,饱满、凝重,有生命的质感,这就是秋色,让人的视野悠远起来,缓缓摇下车窗,轻轻吸一口气,一派薄凉里,迎来沁骨的清爽。

一路向北。穿过早晨浓重的雾,连绵不绝蜿蜒的群山,密密匝匝的山林,一个赛一个的浓妆重彩,丛林深处,偶尔闪过小小的青瓦老屋,篱笆院,小轩窗,粗糙的木头门,看起来很有一把年纪,一些爬在旮旮旯旯的丝瓜藤,牵着长长的藤蔓,稀稀落落长着几片半黄不青的叶子,苍凉里蕴含几许生机,祥和、真实而亲近,人的心情立马温润,恍如回到小时候的生活场景。

再走,进入了乌桕的环抱,一棵,两棵,三四棵;红的,黄的,绿的……我们看到了无数棵散落在田野里的乌桕,择岗而栖,顺势而生,相互映衬,分外妖娆。尤为惊艳的,就是一棵树上,也同时呈现深深浅浅不下十几种的颜色,在秋风里怒放,摇曳出一片色彩斑斓,一刹那,雀跃的心,不知道看哪一棵树好,但觉和煦的阳光,照着一棵棵乌桕,仿佛隐隐披着一层层纱,迷离、绚丽,又飘渺的似有似无,却以一种足以淹没人感官的气势,四处弥漫又四处聚拢,让人的思绪走不进,又无法舍去,这是乌桕,不仅红的有态,还有气势。

记得小时候,乡野的这种树其实很常见,那时人们叫它油籽树,印象里是一种极卑微的植物,野生野长,一到秋天满树绯红,及至叶子尽落,光光的枝丫上会结白色的油籽,星星点点缀满枝头,很好看。后来读到很多"乌桕赤于枫"的文章,才知道它的学名叫乌桕,可观,可赏,可入药。如今站立在四姑山的乌桕树下,置身于烈焰般的火红中,想来不过一指缝的光阴,乌桕从籍籍无名,到被人寻踪而至,热为追捧,成就了多少脍炙人口的诗篇,但乌桕还是那棵从前的油籽树,如我们生命里路过的一些人,一些事,不管经历了多少风雨,沧海桑田,仍然保持一颗初心,因简单,而难忘;因平凡,才精彩。人与草木的相互纠缠,亦是这样令人悲欣交集。

午饭后,小憩,一行人转道大悟装八寨。印象中的装八寨,以奇石为奇,但来到装八寨,才真正见识到石的奇俊,远非语言和笔墨可以描述。山路十八弯,我们顺势攀援而上,沿途的石山,石崖,石景,或侧卧,或俏立,或首尾相连融为一体,承载着千年来的雨露风霜,历史变革,很多石的边缘,长成了青干色,似画,非画,浓淡相宜,每一道石缝那么隽秀,遒劲,又浑然天成,沾染着水墨工笔的细腻,静静地躺在那里,那么温柔、沉寂,却又执着得如临崖相望的女子,情深款款,翘首期盼着远方的归人。

沿途的松柏间,翠绿中偶尔冒出一二棵乌桕,火红火红的,小小的野菊花盛开的地方,有花花绿绿的彩蝶盘旋。间或走过杂木簇拥的林间小道，满地落红堆积，厚厚的，脆脆的，一踩就嘎吱嘎吱的响，从头顶的树叶间星星点点筛下来的光和影，相互重叠、交织，斑驳的光影，荡开了心中的涟漪，恍惚得人一瞬间不知身在何处，更不忍离去。风蚀的石路，浮土上遍布一粒粒细小的石子，路旁是悬崖峭壁，无处攀附，一个不小心就会一脚踩空，让人陡生畏惧，又满怀探险和好奇。正是这样的山路，充满变数，充满坎坷和蛊魅，让我们一边汗流浃背地攀登，一边心旷神怡地赞美。

登顶，远眺，一览众山小。坐石坡上，仰头看蓝蓝天上白云飘，那么白，又那么近，有轻轻的风，吹过耳畔，暖暖的，痒痒的，细细碎碎如朋友间的喁喁细语，回望来时路，群山、石林、河流、小村庄，山水相依，层林尽染，宛如一幅幅画卷，优美，绵长，一路在脚下铺展。

今日大雪。屋外是萧杀的冬天，灰蒙蒙，阴沉沉，像等待一场雪，指尖敲打着冰冷的键盘，整理那些时不时冒出脑海的片段，再一次抵达那些温暖的秋光，不知是风，还是你，把那时秋色，秋景，一一掀起……

# 千年银杏，有一种遇见叫山长水远

印象里，山抹微云，天连衰草，最是一年金秋好时候。

这个周末，三五友，二辆车，相约去小悟看千年银杏。想象着遍地黄叶堆积，憧憬的心，竟至一夜无眠。天蒙蒙亮，早早地爬起，过完早来到汇集地点，雾霭沉沉，晨风裹挟着几丝寒意。等待的空当,我瞄了瞄手机上的天气预报,说是阵雨,随手翻看农历时,惊讶的发现,昨儿已是小雪。这辈子,与雪是情有独钟,尽管时令尚未见雪花飘起,就那么一个冰凛凛的"雪"字,早让我的心底,升起一个晶莹剔透的世界,顿觉岁月静好。

　　山路十八弯。车子开在曲曲弯弯的柏油路,穿过小城的喧嚣,一路颠簸越过老山区寂寥的村庄,车窗外一排排丛林树木,或红、或绿、或黄灿灿,姹紫嫣红像一幅幅不断卷起的水墨画,迅速收起,朝后面退出。远处偶尔的几树金黄,牵扯着我依依不舍的目光,篱笆、菜园、狗,高大的朴树,掩映着几间土砖房,皲裂的门楣,歪扭的墙缝,土坯墙阡陌纵横浸蚀着雨水和岁月的痕迹,布满密密麻麻的"溜溜灰",院墙上,或者门前的斜坡,总能看到几根枯藤,颤巍巍顶着三两瓣半黄半绿的叶,结满丝瓜、南瓜以及峨眉豆之类的植物……这是我小时候生活的场景,是我无数个午夜梦回时故乡的场景,熟悉、本真而亲切,浸润着岁月朴素的光华,连空气似乎也感觉甜润了起来。

　　车子戛然而停,我们近距离站在了一棵古银杏树前,据说有500年的历史,粗壮的枝干,三人都环抱不过来的主干,一路朝上的分支、分支、再分支,如伞柄一样结满一树金黄的叶子,像撑起了一把硕大的华盖。仰头,穿过早晨浓重的雾气,树冠的黄叶,变得极小极细,密织如一张金黄色的网,将我们网在叶中央。佛曰:擦肩而过,五百年修。莫说擦肩,就连张臂试图和巨无霸的银杏来个抚摸或者拥抱,手都够不上,百年古银杏树下,人显得如此渺小,微不足道。

　　前行几步,还有一棵百年古银杏树,一样的金色,一样的华盖,不同的是,它的每一个枝条都低调地伸向大地,袅袅娜娜,垂如春天四五月间的柳,干净、柔媚,另有一番风味。再向前走,走过栽满油菜的田畦,是一道浅浅的小溪,这里也有几棵银杏,挺直的树干,斜斜的枝丫,树龄看起来尚不足百年,许是临水的缘故,叶子显得格外金灿灿,圆润润,干净得那么纯粹、明亮,试着折两片银杏叶一合,就活生生状如蝴蝶展翅,若是五六片聚拢在一起,则艳丽如花瓣般在掌中绽放。

远处是连绵不绝的山峦,夹杂五颜六色的奇花异树,依山一排村舍,小别墅似的,家家喂有各式各样凶猛的或乖巧的狗狗,村子的尽头,拐过山岗,有一道乱坟岗,那里一棵挨着一棵,齐刷刷地长着好多银杏树,整齐划一像一对对站岗的哨兵一样威武霸气。天不作美,下起了小雨,雨中的银杏树越发湿蒙蒙显得一派凄清,加上那里布满坟茔,同行的友友们更是危言耸听,我们只能小心翼翼远远地望叶兴叹,不敢靠近。斯时,一位五十左右的妇女,用蛇皮袋子挑着一担猪栏粪,倾斜的身子弓成优美的弧度,我们去时,她在朝那乱坟岗健步如飞地走去,等我们折回来,她又换了一担,却与我们撞个对面,淋湿的衣袖,笑吟吟的脸,热情地打着招呼,我突然忘了畏惧,心里忽刺刺的生出一种暖意来。

雨住,上车继续前行,但见青砖、黛瓦、池塘、古树、浮萍、白鸭子……每一处的小景都分外地养人眼。车停,我来不及合拢赞不绝口的嘴,眼前已排排站着三棵银杏,两边硕大无比,中间一棵稍小,如吉祥三宝,择水而栖,在秋风里簌簌地盛放,摇曳出一片金灿灿,黄澄澄。惊鸿一瞥,我一下子怔在那里,脑海一片空白,找不出形容这银杏之美最准确的词。老木说:妖娆。我大悟般地一拍脑门,对对,妖娆,就是妖娆,那棵银杏,已越千年,虬枝,繁叶,如日中天,沧桑之中绽放生命里最为华美的艳丽,唯有妖娆一词,才足以一语道出银杏那夺人心魄的蛊惑和张扬、绚烂和恣肆。

无独有偶。顺路前行十余米,长着一棵数百年的古朴树,树冠之奇，自不在话下，偏是裸露在外面的两段树根，一粗犷，一纤细，它们姿态各异又融为一体，蜿蜒叠出一男一女之体型神态，细腻、传神，像极了恋人间脈足相眠，缠绵悱恻。

走进大自然，不论劳作，还是繁衍生息，人与树木，亦是这样的情理相通，乳水相融。

归来，透过车窗，回望走过的银杏，一株连着一株，数不胜数，每一株有每一株独特的美，每一片叶子，都黄得那么干净，饱满而纯粹，灿烂如同圣诞节满大街缀满璀璨灯光的圣诞树。小悟随处可见的银杏树，不论古朴还是新奇，于村旁、路边、田畈、高高的山岗，或者每一个转角，都会邂逅一派金黄和惊喜，一路赏心悦目，炫彩之美，让我们从初见的赞叹不已，再到张开的嘴，一直惊艳地合不拢，浑然忘我，亦忘记了赞美。

一路走来，有银杏树的地方，就有游人，总会捕捉到一群群小鸟，与它们不期而遇，一飞俱飞，一停俱停，就像一些人和一些事，遇方则方遇圆则圆，相逢一笑尽显本真和随意，如水一样流淌一种自然和谐。想起胡兰成的一句话："我不但对于故乡是荡子，对于岁月，亦是荡子。"尽管我知道：与银杏，我是过客，与朋友，我亦是过客，但小悟，银杏，我已来过，折一枚千年的银杏叶，仔仔细细夹在书卷，珍惜银杏，一如珍惜一路看银杏的人。

山长，水远，秋色潋滟。是夜，枕银杏入梦，见满地黄叶堆积，仿佛脚下的路，都是黄金铺就。

# 石刻时光
## ——爬大悟山小记

相约去爬山。

爬小悟乡的大悟山。未及动身,同伴们再三告知路如何远山如何险,外加各种"三大纪律八项注意",唬得从未出门的我,鞋子袋子帽子从头到脚全副武装,不能预知的山景和不能抑制的向往,让忐忑的心,竟一夜无眠。

才早上6点,睡得懵懵懂懂的我,就被闺蜜喊起,简单洗漱,过早,开车出门,东边的太阳刚刚升起,霞光道道,祥云叠叠,扑面来的空气,是别样的潮湿和清新,带给数年来一直爱赖床的我,一种分外的惊喜和朝气。集合队伍上路,红男绿女,浩浩荡荡四辆车自驾游。听见风儿拂过香樟树的声音,一路桐花一路梦,视线里掠过急速后退的群山,波光粼粼的潭影,一闪即逝的村庄,近了,近了,我梦中的大悟山。

下车,置身在群山环抱的小村庄,红瓦、白墙、小烟窗、爽朗的笑声、热情的山里人,我一时间不辨南北东西。山路十八弯,宋记老早安排好了当地车,三辆面的送我们上山。出了村,一路向上,过陡坡,越山崖,七弯八拐,沿盘山路逶迤而行,看得见车窗外峡谷深万丈,听得清车轮轧过崎岖山路"吱吱"的颠簸声,满眼是郁郁葱葱,层峦叠嶂,心跳到了嗓子眼儿。

山高而险,面的只能送达半山腰。我们一下车,迎面吹来山坡上裹挟过的一股股山风,清凉,滋润,和不尽的惬意,心跳顿缓。路边一树树雪白的野梨花、抢眼,颤颤地开在了心尖尖。崖壁上比比皆是的白蔷薇,开的一朵比一朵洁白、纯粹,攀附的爬山虎,柔曼,缠绵,像蜘蛛网一样密密麻麻生长着许多鲜活的春意,一簇簇的映山红和山楂树,才打着小小的花苞,来不及绽放醉人的花颜……我的视线,越过阡陌交错的山岚,一下子停留在远方的那处石景。

人间四月天,太阳的脸,热烘烘的,比六月还烫,身上燥得像笼起了一把火。我们越过沟沟坎坎,来到石景下一看,光秃秃的朝天杵着,似船非船,竟是庞然大物,跳起来都够不上它的边缘,"陆地行舟",多么好听的名字,念一念,都是禅意无限。石船顶上,平坦、光溜,有风化的沟壑,一溜顺到石沿,成为天然的聚水沟,一滴一滴汇集清凉的天水,被友友们虔诚地称为"圣水",就那么突兀地,孤寂寂地躺在那里。

同样孤寂寂的,还有龙潜寺边的石屋。门前一溜石阶,顺着台阶而下,湿润润的尽头,是一潭深不见底的古井,终年不枯不溢,水质清澈、迷离,可直接饮用,入口清甜。折回身,拐进石屋,小屋是一块块大小不等的石头垒砌,完全靠平时不起眼的边边角角来完成,墙体间夹着巨大的条石,门楣是凿出的磨石,方方正正,层层叠叠散发着远古的气息,一间套一间,冬暖夏凉。屋内一切都是石头,连地面都铺满和着泥土的碎石,不重复,不烦琐,禅意深深深几许,用最简单的形式,诠释最简约的原始。

原始、落寞、简洁,与山水间,我独喜欢这样缄默的孤寂寂。

石屋后面,还有一座孤寂寂的墓碑,约高两米宽一米,系汉白玉石,据称是明代"丧吾"和尚之墓,碑体完好,字迹风化,碑上镌刻有近千字,有的清晰,有的模糊,碑的中端留有当年抗日时子弹击中的弹痕,凹凸不平,旁边植有几株望春树,高高大大,开着难得一遇的望春花,端然,肃穆,望着山外春天,碑的四周长满了不知名的小草,开着白色的小花,稍不留神,眼前会有蝴蝶或者蜜蜂飞来……山若有情,山亦老,人缄默,碑缄默,群山缄默。

说什么朱颜青鬓,枉被浮名误。再美的花期,终究逃不脱落英缤纷的宿命。

你看,你看,那些石头,拥有生生不息的憧憬和一代代的薪火传承。你来或不来,它都风雨无阻,一站千年。

石船、石屋、石碑……从有声到无声,如同一场生命的诞生,在天地间自自然然,简简单单化成一方石,一寸地,一捧土,让生和死靠得如此临近,如此亲密。石头是缄默的,只有在触摸时,探究的心,开始慢慢变得沉寂,继而思索,感受到石头坚硬的外表下,原本是极具生命的柔韧和张力,如同春日里的小草,蛰伏整个冬天,只需一夜春风拂原,焕发生命之绿的坚强。

稍事休息,我们开始真正意义上的爬山。山体明显陡而窄,奇石林立,荆棘横生,抬头一眼望不到山顶。我们沿着山路纵向攀爬,前拉后扯,小心地越过悬崖、浮石、障碍,一个带一个地攀越。等到大家大汗淋漓,气喘如牛站在山峰上,回头一览众山小,山下的梯田,细如棋盘纵横交错,石船、石屋像一粒棋子,在阳光照耀下,花遮叶藏,熠熠生辉……山光水影间,我们猎奇的目光,会不约而同为悬崖边每一朵花儿的怒放尖叫。

继续向上,弯弯绕绕至金顶。风愈发的大,吹乱了谁寂寞的裙摆,脚下的枯枝间,灿然开着一株株紫色的小花,迎风招展,崖上的映山红和山楂树,依然笑而不语,不动声色地含着花苞。尼姑庵下一小屋,竟是倚一块硕大奇石凿出,小门小窗,俨然、古朴。极目四望,蓦然发现前方山体上,赫然一溜白石头,与半山腰深深镶嵌着"胡 love 何"字样……

字字含情,卷起惊涛无数。巨大的时空寂寂下,多少惊叹和猜想,错过了花期,我们不期而遇一场千古传奇——谁是胡,谁是何,谁为谁等候?还有,是什么样的销魂,怎样一双手,多少个不眠夜砌就他和她的爱情永垂不朽?峭壁上坚挺的毅然决然,不白头亦到老的爱情宣言,一下子缠满我的泪水,疯长成谁一世刻骨的悬念,忘了归路。

青山原不老,为谁白头?这是爱情的礼赞,不需要耀眼的光环,从远古到现代,无论是残缺还是健全,爱情总是这样义无反顾,将生活的种种枷锁捣碎,那么孤寂寂地,原生态地存在,直至永远,永远。

我,大悟,刹那潸然……

## 漫山红紫竞芳菲

人间四月天,相约去爬山,看漫山映山红,听鸟鸣山更幽,蛰伏一冬的向往,像东风一夜间吹绿离离原上草,慕春的心,总是蠢蠢欲动,渴望走进大自然。

云淡、风轻、日丽,两辆车,三五友,路过春天,走进周巷青山。

途经青山渡槽,巍峨,耸峙,天堑一线牵。透过车窗,远远看见"伟大的中国共产党万岁"和"伟大的毛主席万岁",方方正正沧海桑田,镌刻多少历史风云?嗅着阵阵花香,看青山蜿蜒,视线掠过

绿树覆盖的山尖，小小一座雷公庙，稳如泰山，据说相当灵验，有求必应，朝朝暮暮迎接着来来往往的朝拜者，甚得当地人崇拜。

一路前行，曲曲弯弯水泥路，时而清幽，路边不时掠过一些不知名的小花和嗡嗡的小蜜蜂；时而颠簸，坑坑洼洼到处是碎石流沙，迎面而来雄赳赳满装碎石的翻兜车，汹汹涌涌扬起漫天的灰尘，模糊了远山的青黛，独见眼前高耸的山体，半壁江山生生被削，光秃秃的山体，突兀，荒凉，不染一丝绿色，像一块烧红的烙铁，将怅然若失的心，和收不回的视线，戛然间，烙的滋滋冒烟，继而生疼，生疼……

青山原不老，为谁白头？

行至陈庙，一下车，暖暖阳光，习习香风，傍山几棵大枫树，枝繁叶茂，透过密集的树叶，从硕大的鸟巢间，泻下几缕光亮，来不及慨叹，两耳早已听见清脆脆的鸟鸣，一声声，一阵阵，婉转、悠扬，目光追随着一只只喜鹊，你追我赶，交颈相缠，或飞或停，但听百啭千声随意移，郁郁的心，一下子舒畅、纯真，充满陶醉。

遂步行探山。山有二山，一曰风山，一曰雨山，遥遥相对风雨相随，既独立，又连绵。眼前奇峰异石，花艳树绿，视界里一派葱郁，一望无际深深浅浅的绿，染遍青山，夹杂最引人注目的映山红，一抹抹，一丛丛，一山山，红得诧然，红得震撼，如天外飞仙，素手轻弹，将一幅幅春天的画卷，浓墨重彩泼洒在悬崖峭壁上。

一路走，一路惊叹，看不尽山花红紫树高低。不常见的白檵木，竟是漫山遍野一树又一树，高高矮矮，与绿的世界浑然天成；胖胖的爬山虎，嶙峋、蜿蜒，或藤或蔓，盘踞着奇石峭壁，枝枝叶叶肥瘦俨然；一簇簇的白蔷薇，大朵大朵的花儿，白如雪，迎风俏立，花开璀璨；还有从没有见过的樱桃、鸢尾和郁金香，红红火火花比桃夭，相视的刹那，足以让人怦然心动。走进花山花海，蓝莹莹的天,清凌凌的潭,活泼的"黄鼓子"摇头摆尾,群起群落……远离尘世间的喧嚣,心底一片澄清安宁。

走走停停,步移景换。乡间叫惯了的"老鼠刺",学名构骨,叶子带刺,花香若桂。还有非常难得的深山含笑和合欢,合欢按照花色,有白色的银合欢和黄色的金合欢,此时未到开花时节,已有清幽的香味自叶间发散,沁人心脾;疏疏翠竹下,遇见一株兰草,自生自芳,暗香浮动,嫩嫩的叶儿,让人不忍攀折,莞尔,深深吸上一口气,香得人舍不得轻易嘘出。

一行人说说笑笑,七弯八拐,偶尔扯上几把野韭,穿过三两乌桕,间或踢下几颗鹅卵石,翻翻滚滚绕过林木掉下峡谷,听不见一丁点儿声响。谁说最美的风景,总在拐角处?你看,你看,密集的杂树中,赫然一株罕见的黄杜鹃,在大片大片姹紫嫣红的映山红里,一枝独秀,黄得醒目,黄得惊艳,亦毒得不可碰触。

稍后,呼朋唤友拾级而上青山观,肃穆,寂廖。稍稍喘息后站在青山观门前,回头四望,梯田,水库,羊肠路,小村庄……阡陌相间,层峦叠嶂,一切那么小,那么巧,那么好,如一盘盘纵横交错的棋盘,缭绕着轻纱般薄薄的云雾,恢宏、壮观,云蒸霞蔚,不由人喟然长叹,终于体会到什么是层层山水秀,烟霞锁翠微的意和境。

漫步青山,拥抱自然,邂逅美丽,我们静静聆听,懂得和珍惜。

低眉处,或好或坏,建设中的青山,每一处有每一处的惊喜,每一处有每一处的烂漫,自然景观和人文景观融为一体,加上古老的传说,流传着悠久的人文历史和光荣的革命传统。

置身佛门净地,流连满坡青翠欲滴的金银花,不敢高声语,宁静的心犹如脱胎换骨,那些远古的钟声,敲响生命的青翠,涅槃着前世今生,豁然开朗的大悟,又何止是一向寒山坐,淹留三十年?

回望周巷，炊烟袅袅，托出一轮溜圆的夕阳，红彤彤染了半边天，连绵不断的青山，遍生奇花异草，晶莹剔透，嫣然含笑竞芳菲。赞叹着民间艺人彭老先生的盆景巧夺天工，浑然天成，"立体的画，无声的诗"，漫看青山，层林尽染，哪哪又何尝不是？

## 一路晚秋
### ——周巷新龙村小记

### 1

　　一场雨和一场雨之间，秋，深了，晚了。

　　霎时微雨，三两野菊，半山寒翠，让一颗沉郁的心，总在渴望中行走。

　　不论临水还是登山，且去偷得浮生半日闲，顺着山道，沿着今生，我在晚秋的怀抱，某个雨起的日子，沿着某种不约而同的期待，行走在层峦叠嶂的季节，寻找着前世的琉璃，陶渊明的世外。

　　秋声，一直寻找的，正在寻找中寻找。

　　秋色，终要抵达的，正在抵达时抵达。

### 2

　　清风起，秋景美，彩墙黛瓦，绿树环抱，一幢幢别墅，错落有致，而又鸡犬相闻。

这是美丽的凤凰山递出的第一张门票。各式园林小院,奇花异草,炊烟袅袅的农家,我看到了一派采菊东篱下的画面。一丛丛花木,一树树青翠,真实宛然,悠闲惬意得不似人间。

　　此时微雨纷飞。村旁的柿子树上,挂满圆圆的柿子,沾着垂垂欲滴的水珠儿。房前屋后,一株株串串红,结梗梗似鞭炮,红彤彤如辣椒,在秋雨里迎风摇摆,风姿撩人。各家院内修葺一新的盆景,比比皆是的桂花,香气氤氲在每家每户,醉了一路行人的眼。

　　走进新龙村,满眼别墅群,看不尽的新貌靓颜,畈畈花木。一衣带水的凤凰山,我来了,我们来了。

　　水泥路,四合院,精巧别墅,苗圃园林到处是树,到处是花,到处是流光溢彩的秋色。谁家门前一条活泼的小狗,毛茸茸黑白相间,远远的摇尾。面对我们的镜头,这小狗似乎司空见惯,驾轻就熟的搔首弄姿,不停的摆弄姿态迎合着镜头,可爱得让人喜出望外。更有出出进进的壮汉巧妇,说着亲切的乡村俚话,迎面携来一缕缕尘世的烟火,才让人悠忽明白,这不是世外桃源,而是面朝黄土的新农村。

　　结庐在人境,而无车马喧。一寸一花木,一步一惊喜,让我知道,这里仍然是红尘人间,却如诗如画如不在俗世。

3

　　晚秋的细雨蒙蒙,落落停停,像只顽童的手,伞下帘外,拨弄着山光云影。

　　行走在蜿蜒的盘山路,陡峭的山崖,已然匍匐在我的脚下。梯田茶林,洁白的茶花,在山崖,在溪边,在路旁,微照露花影,静静立在那里,朵朵带着前世的祈盼,扑面而来是深秋的无限生机。

不登山,不知山之高,林之密。倾听着茶花风中絮语,我仿佛听到了大山的呼唤,这里有红的枫叶,青的松针,绿的竹枝,还有许多叫不上名的花花草草,花开二度的杜鹃和李花,漫山遍野一片片叠加的浓墨重彩,静谧里蕴含生命的奔放洒然,眺望之处的层林尽染,美得无从描述。

山路十八弯,弯弯绕绕,脚边时时偶遇大捧大捧的野菊花,开得绚烂,看一眼,就有刹那间的销魂。每过一个拐角处,风景更美,林更密,密得树叶染尽深秋。极目处的叶子,大有如团扇,小细如针尖,红橙黄绿青蓝紫,像画家不慎泼出满砚墨,深深浅浅浓浓淡淡,不经意画出一个姹紫嫣红的世界,既层次井然而又浑然天成。

最是山顶的云雾缭绕,那薄,那轻,那飘逸,变幻着不同曼妙的每一瞬,如丝,如烟,如带,一缕缕,一片片,在宁静的山峰兜兜转转,壮观得缄默不语,而又磅礴得风华绝代。

云雾山,云雾茶,策杖看孤云暮鸿飞,终让我叹而止步,恍惚间不知身在何处,不知道自己,究竟是游走在云雾的深山,还是游走在梦幻的心境?

4

天色慢慢开朗,竟晴了起来,耀眼的阳光,在头顶炙热地照着。

一团团密集的云,一下子轻了,淡了,时而怒放似花,婉转清扬;时而笔直如筒,盘旋若飞机起飞般翱翔;时而一丝丝一缕缕,轻歌曼舞,剪不断,理还乱,编织着不一样的云蒸霞蔚。

穿过密集的丛林深处,眼前风景,别有洞天。逶迤而上的山路,迎面开了一个小小的口子,一汪清池,几级台阶顺坡而下,竿竿修竹,夹杂在苍松翠柏间,竹旁一座薄薄的石碑,似刻着"心隐坐归"的模糊字迹,沉淀着超然尘外的古朴与绝俗,放眼望去一派清净,依稀可见曾经的青灯古佛。

再走,但见粗粗细细的藤蔓,或细小若星星点点,密密麻麻攀附在青石板上,或嶙峋蜿蜒如蛇,一圈圈缠绕着本是同根生的树,直上云霄。自然界的因果轮回,就连一些草一样的植物,横生在奇形怪状的巨石边,也是双双对对,形影相伴。

于我,是非常喜欢这深山植物间的守候和相缠,是本然亦是偶然,就像尘世间的爱情,很多时候的一厢情愿,是一个人的事情,来和不来,都在缠绵。

时雨,时晴,一天浓缩了四时的喜怒哀乐。老天对我们多么眷顾,在如此骨感的岁月中,让我们有缘在这个晚秋的季节,流连在这样丰沛而多情的凤凰山,是多么难得的幸会和幸福。

## 5

晚秋,微雨,丽日,一片西风染层林。

归来时,脚下有流水。踩着大小不一的石块,来到小溪边,看着落叶和花瓣随水慢慢流过,洗一洗手,感觉水有些入骨的冰凉,却是难得的清澈和干净,照得见蓝蓝天上白云飘。临水照花,听泉水潺潺,看着水从石缝间流淌荡漾,一路唱着浮华褪尽的欢畅,流向远方。

阳光透过云的间隙,照在指尖,暖暖的。想来,这雨后的阳光,和深山一样是千年前的,让我在光和影的曼妙里,看尽茶花、层林、云雾,美丽的凤凰山。

数度回眸,那里,还是那一片好山好水,远远的以一种淡淡的情怀,别样的风光,等待着,浸润着,每一颗渴望行走的心。

## 白云生处有人家

五月的一个午后,天清气明,阳光灿烂。久在小镇坐井观天,终不敌对大自然的渴望和向往,欣欣然,去看山看水,与一草一花一蟋蟀同行。

车窗外是一望无际的绿,深深浅浅,随着柔柔拂面的风,迅速在眼前闪过。蜿蜒行在补丁摞补丁的沥青老路上,自是不胜颠簸。好在草技艺高超,花锦心绣口,一路躬身询问,顺利来到这座群山脚下。

这一刻,真是远上寒山石径斜,山,就在我们的眼前,巍峨、锦绣、连绵、起伏,犹如我的惊喜,无法想象的高,无法想象的多,一岭接着一岭,一峦叠着一峦。

随着路上箭头所指,我们翻上一个陡陡的水泥长坡,一边是怪石嶙峋的青山,苍松、绿树,褪尽娇艳的映山红,密不透风,间或夹着百年银杏树;一边是深不见底的峡谷,层峦叠嶂间,氤氲着一层层黛青色雾霭,云蒸霞蔚很是壮观。我们的车,沿着弯弯曲曲的盘山公路,一直努力地,向上地,不停地爬坡,不懈的攀进。

未卜的前方,让我们期待的心,同时充满着忐忑和探索。

山路十八弯的公路,终于,慢慢平下来,低下去,拐过几个接近90度的角后,眼前,但见炊烟袅袅,鸡犬相闻,白云生处有人家。

　　下得车来,置身在山的峰巅,我,仍是迷离,恍惚。看着幢幢民房,层层梯田,轻轻的风,白白的云,犹自不敢高声语,恐惊天上人。

　　沿新铺的窄窄石板桥,走过几级台阶,便到了农家庭前。爽爽山风,簇簇绿荫,从门外晒煳人的太阳下走进来,一下子阴凉、湿润,一步之遥的门里门外,竟是人间两重天,感觉农房就是天然的避暑胜地。好客的山民,为我们泡上刚炒的新茶,我的目光,专注那对炒茶的爹爹婆婆,他们沧桑的容颜,挤满菊花一样的皱纹,却精神矍铄,双手不停在锅里搅拌,那些青枝绿叶的茶叶尖,渐至干蔫细小,透着怡人的香气。想来,锅里那近百度的高温,老人家啊,您的双手,可曾灼得生疼?

　　再往山顶,皆是羊肠小道,郁郁的绿色通道,不时发现开有白色小花的植物,艳秀逼人,我是五谷不分,问草说是野梨花。见有彩蝶翩翩而来,亭亭立于花间,浪漫、美妙。田埂上遍是红色的野草莓,红艳艳馋人,采摘下来,来不及用水清洗,直接嚼起,酸酸甜甜,竟是香津满口。林中溪流,清澈见底,俯视之下,可闻水声潺潺。禁不住心系神往,那千年的流云、玉面、青衫,可曾带过谁的影子?

　　依依不舍山水间,踏上归程。半山腰间没有了来时未卜的惴惴,倒蛮有闲情观山看景。流连着一排排风格迥异的楼房,青砖红瓦,高高台阶一级级逶迤而上,背靠巍巍青山,大家想象着,倘若门前开条清清的河,砌上高高的拱桥,那么,月下划着小船,桨声灯影,是不是这深山老林,日照香炉生紫烟时,不是江南,更胜江南?

　　下到山脚,我们"停车坐爱峰林远",突然像发现新大陆一样,

意外看见村前一株百年老柳，枝节嶙峋，老根盘结，粗壮的腰身，怕是两个人伸展双臂都无法环抱。最惊奇的是，树的侧面有个巨大的枯洞，深入根底，探头往里看，遥不可及，间有蛇行其中，寒意森森。抬眼再看树冠枝繁叶茂绿意盎然，不得不慨叹生命的奇伟。

一样的山，一样的树，一样的风景，去时不知来时路，大自然的美丽，总在蓦然回首处。

这个有风的下午，三五友，买尽青山当画屏，如小鸟一样无声无息，打笔架山，一路从容走过。

# 第四辑

## 四季如歌

# 我和春天有个约会

### 问春

冬寒迟迟不退。

暮色里,一场薄薄的雪,把寒凉的感觉,一夜间铺满山川。

漫步来到广场,几株疏疏的桃树尚未发芽,花坛里的四季青倒有几分绿色,在微风中略显姹然。悠悠长堤,眼见的还是衰草连天一片,塘边的杨柳,来不及剪出鹅黄缕。

向左,松松散散小沙滩,三两顽童,嬉戏玩耍;向右,曲曲弯弯鹅石路,凉亭,长椅,老人,夕阳红……左手昨天,烂漫天真,童年的欢乐在眼前飞舞;右手未来,拄杖,颔首,频频张望,寂寥、悲怆……

春入眉心两点愁。顺着料峭走过官塘,花未开,水未暖,绿柳才黄半未匀。风的低吟,让人分明听见,雪下的芳草在喊春天。

小试新春,弹指间,已觅少年心不得。人生是左,或右,问春,春不语。

### 探春

雨后的下午,微风和煦,艳艳的太阳,照在身上暖洋洋。

郊外,窄窄弯弯的垄上,几畦自种的菜地,矮矮的小白菜,已然开出了黄灿灿的花,引来几只辛勤的蜜蜂在飞绕。菜地边的小路上,毛茸茸的小草,娇滴滴的,冒出一点绿蕊,旁边还衬着零星的不知名的小花。菜地的后面,一个浅浅的池塘,清凌凌的水,一阵轻风漾起微波,恍惚中,谁清瘦的身影在徘徊?

看花非花。一切,离红尘不远,离心情不近,这世界,没有谁是谁的谁。任是咫尺也天涯,记住,把快乐,留给自己!

再走,风轻扬,堤上柳,远看一片嫩嫩的绿意嫣然,近看,细细的枝丫,如烟般的柳,娇软不胜垂,不知何时剪出了鹅黄缕,小小的柳苞儿,如珠,如玉,如翡翠,远看无,近看有,丝丝,条条,密密织出盎然春意。

探春的心,亦步亦趋,循着春天的脚步,走过人生种种,解读着风景线上的春花秋月,看绿柳拂堤,听春风歌吟岁月。

好一个艳阳天,潮湿的心情,给点阳光就灿烂!

## 访春

烟花三月,未下扬州,却邂逅了一场樱花雨。

平日看司空见惯的小城,小如蚂蚁,走进大都市,发觉熙熙攘攘的人流,始终如蚂蚁一样,缓缓蠕动。

早早晚晚,武大校园人流如织,不远千里,慕了樱花的美,很多人却忽略了百年武大的幽雅静深。

顺坡,一路向上,远远看见几株樱花,隐在苍翠青松间,雪一样的白,恍恍然,仿佛是等待了千年。

一步步,小心走近,一树树,花开恣肆。

阳光暖暖,春风徐徐,高大的樱花,密密开满小小的花朵,风一吹,瓣瓣樱花,如雪花一样,满世界纷纷扬扬,置身其间,除了

惊艳,除了震撼,我的视线,始终走不出樱花落满一地的殇。

是谁说遇见你,遇见春天?遇见樱花,遇见的是,飞蛾扑火般的休戚与共。一次次旋转、仰望、轻叹,樱花的绚丽,跌跌荡荡拽着我,唯爱和永恒,总是当时携手处,游遍芳丛。

樱花,开得灿烂,谢得从容,来去如风,知与谁同?

## 惜春

春来晚,人间四月天,桃花、梨花才竞相开放。

彷徨的心,轻挽旖旎的阳光,沐浴着春天的微风,我再度走进春天。

一望二三里,烟村四五家,门前六七树,八九十枝花。漫步在无边的旷野,守望那金灿灿的菜花,绿油油的麦苗,还有田埂上,轻轻飞扬的蒲公英……任天高地远,任草长莺飞,以镜花水月般的轻吟、自在、惬意,感受着一份生命的馈赠。

桃花朵朵开,梨花带雨来,姹紫嫣红的春天,开出一份温暖如斯的美好。静静立于花间,心底是一片笃定,安详,沉醉在花儿的海洋,偶然一阵风拂过,吹落了一瓣一瓣的桃花梨花,红似霞,白如雪,翩翩然,嫣嫣然,不期而至飞舞满怀,湿润了,美丽如花的情怀。

低眉处,原来,美丽的风景,总是触手可及,在眼前。

即便世界很吵,生活如麻,也总叫人的心如一杯白开水,在岁月的沉淀中,澄澈出另一番模样,不张扬,不华丽,淡淡的,优雅的,氤氲开在这春色阑珊,幸福的感觉,如同自由的呼吸,从心灵深处不由自主的向外甜蜜四溢。

惜春,春常在。这一季的美丽,足以丰满我从此整个的人生。

# 忽而一夏

天一放晴,大太阳就明晃晃高悬,刺眼、毒辣,晒得人无处可藏。

周末,大白天,站在飘窗前,清楚看到太阳的骄横,外面的世界,仿佛着火一般,柏油路已然晒的冒烟,暑气四处蔓延,四季碧绿的香樟树,枝枝丫丫无精打采,路旁的商家,关门闭户,静悄悄不曾叫卖。我被酷暑关在家里,空调吹着,热茶喝着,漫不经心在电脑上浏览着花边新闻,或者看看电视,追一部热剧,再不济拿一本书,慵懒地躺在沙发上,不拘哪一页看进去……炙热在外,清凉拂面,窗里窗外,冰火两重天,我看得到,但感受不到盛夏的肆虐。

怕热,人们鲜少出行,似乎不约而同在等,等到太阳西沉,星子升起,才敢走出家门,我也不例外。晚饭后,最好的出处,大抵是沿官塘湖走走,这时候暑热渐渐消减,却依然热气扑面,天边涌现大片火烧云,红彤彤如龙啸虎吟。林荫间,所有的植物奄奄一息,那些开着的花儿,低垂粉颈,有气无力,显得有点颓败。唯有一群蝉,不知躲在哪一棵树上,哪一片叶下,一声赶一声鸣叫,这么炎热的日子,它们还不忘唱歌,从童年的夏天唱到了现在,从未稍离,从不疲倦。

匆匆散步的人,密不透风,挥汗如雨。沿途女子着各色的裙,

堤上就此起彼伏,飘起一片片五彩云。纳凉的大爷大妈,三三两两,陆陆续续带着小马扎,坐在堤边,摇着蒲扇,叙着家常。微风轻起,黄昏的天空,静静沉入湖底,可以看到湖里,有一对对野鸭来回游弋,有结伴向湖心游去,有对对穿梭在湖边,俏皮地相互戏水,远远地,听到它们欢快地扑哧扑哧拍翅膀的声音。转一圈回来,再看湖面,波澜不兴,野鸭子消失,看不到踪影,如同生命里偶尔路过的人和事,惊鸿一现,忽而不见。

湖东边,一座木质的桥,回廊曲折,走在上面,任凭如何轻放脚步,亦听得见咚咚的回响,桥下的水,平静,温润如一匹锦,没有一丝皱褶,几座凉亭,爬满郁郁的紫藤,开着艳艳的喇叭状小花……桥、水、亭、藤,无一不饱蘸笔墨,把夏天的色彩,书写得那么浓烈。漫步其中,燥热的心,慢慢融化,进而柔媚、宁静、欢喜,一不小心,看见了夏的深处,一些往事的背影。

差不多走累了,汗透了,到公园草坪上坐一坐,青青的草,柔软的像一条绿毯子,几对父母,铺着塑料布,摆放着饮料副食,和小小的宝贝一起躺着看天,看天边的月,数天上的星星,奶声奶气的童声稚语,一连串"十万个为什么",听的人心花怒放,宛若回到了小时候……幽蓝的天空,星辰罗列,月光清凉如水,温温柔柔一泻千里,晚风清爽,吹来不远处的几声虫鸣,叫醒人重重心事,朦胧的路灯,毫无倦意,谁家院子伸出几支夜来香,醉了,醉了,小广场上跳舞的人群,正一一散去,一些人影,重叠着另一些人影;一些故事,必将演变成,另一些故事。

快立秋了。七月最后一天,猝不及防的一场太阳雨,让持续一周的酷暑,变得稍许温柔,不再赤裸裸炙烤。季节轮回,我知道,无论炎热,还是清凉,这个盛夏,注定不同寻常,也终将悄悄远去,留下一湖火辣辣的记忆。

## 五月,你好

随五一而来,是渐行渐热的夏,季节正常流转。

傍晚,依然官塘、行人、车辆。远远望去,广场那边依然热火朝天,打太极的、跳舞的、打球的,一些人,一群人,他们在暮色里,载歌载舞。我依然一个人,不慌不忙,悄无声息行走在堤上,仿佛是这小城的异客,孤立,清静,用心倾听,于每一口呼吸,每一片树叶,一点点洞悉生命里细小的盛放和悲喜。

天气尚未热,薄凉袭人。公园新添了不少花花草草,堤上新栽了桂花树,广场舞的音乐声不断,声音很大,大而密集,像五月天的一夜骤雨,被一阵阵风反复掀起,止不住的撕扯、倾泻、颤抖,啪啪直击人耳鼓。曲子响起来,大妈们跳起来,我在弯弯柏油路,安安静静走起来,头发上、衣服上、思绪上,层层叠叠沾染夕阳下的歌舞升平。她们的舞步、喘息,与我无关,但,她们的快乐、活力,与我有染。

先是三人,五人,三五成群,接着一家人,一行人,摩肩接踵,人流越来越多,堤上渐次有欢笑的气氛,"散步啊""吃了吗",一声声乡音潺潺,陌生的我们,此刻,站在同一片暮色下——相同的路与风景,不同的心情,我们高兴也好,烦恼也罢,这都不重要,重要的是,我们这一刻,把彼此生活的气息交织叠加,缓缓前行,短暂同路,我们在这一刻相逢,下一刻分别,似乎不影响我们一路相亲相爱。

一个妈妈，一个小女孩，约四五岁光景，小小孩子，一双纯粹无邪的眼，充满对这个世界的好奇，追逐着草丛里粲然盛开的月季，稚嫩的声音，不住地问妈妈这是什么，那是什么，她小小的身影，奔走在一簇簇花丛里，像一朵含苞的小小月季，嫣然、纯净而美好。看着这小女孩，我深深迷醉，感染她的可爱和童真，始觉与这世界真的息息相关，会笑，会美，会爱，会渴望这世界开满姹紫嫣红的月季。

歌舞声在不停地循环播放，我在不停地缓缓走，身那么轻，脚步那么轻，轻到不忍打扰走在前面的一对老人。他们七十开外，一身棉麻休闲装，步履蹒跚，却十指相扣，须发全白，是发根、发梢全部银白的那种，晚风不时拂起他们的衣襟，吹起发丝，飘起，白得耀眼，白得柔软。二老一直偏头絮絮而谈，听不清说什么，侧面望过去，他们的眼和脸，在向晚霞光下，满满透着生活打磨出来的光泽和安详，一举手一投足，仿佛把素淡的光阴，酿成陈年的酒，悠悠然诠释着："我能想到最浪漫的事，就是和你一起慢慢变老。"

走一走，看一看，走在新鲜的五月，走过绿油油的枝叶和花团锦簇，一路走，一路邂逅这家长里短，一路贪恋这烟火人间。季节的花，开了又谢；身边的人，来了又去，我们爱着、痛着、欢欣着、离别着，人生原是一场修行，把过往和回忆抽丝剥离，不再怅惘"迈出的每一步，都留下一座空城"。仓央嘉措说："一个人需要隐藏多少秘密，才能巧妙地度过一生"，小半生，我假装坚强，装着，装着，就真的坚强，心存美好，存着，存着，一切真的变得美好。淡淡流年，我是一棵小小草，只愿携清风，邀明月，静静融进五月的泥土，自由发芽，生长，随遇而安，和岁月握手言欢。

夜，渐凉。舞曲声没了，人群散了，我该回去了。路边的紫薇花、合欢花、栀子花……俏生生打着花骨苞,草坪上的月季花、玫瑰花、夹竹桃花……黄的,红的,白的,一朵一朵,簇拥在我眼前,我看到,生命的花朵怒放在五月,怒放在心灵,怒放在小区回廊边,白玉兰大朵大朵恣肆,摇头晃脑,婆娑的枝丫似乎在喊:嗨,你好,五月!

## 路过冬天

　　清早上班,触手可及霜露的凉薄。林立栾树,依旧顶着黄澄澄的叶,敛眉处,似乎再闻不到桂花香气。小城街头,扑面而来亲切的乡土气息,"上班啊""吃了吗"频频点头,热烈寒暄,竟大抵是些熟悉得叫不上名字的陌生人。耳边猎猎的风,一阵紧似一阵,抬头看天,雾蒙蒙,灰沉沉,仿佛看不很清,又能丝丝缕缕看得很真,轻轻呼出的热气,才刚一出嘴,便幻化为一团团雾,飘飘绕绕,我就知道,记忆里的冬天,如约来了。

　　连日来天气阴晴不定,与冬天的脚步一起来临的,是谢了一场场热热闹闹的花事,总有几场冷雨,浇得满世界一个寒凉剔透。风起,霜临,各种草木渐渐沉寂,如乌桕、银杏,越冷越红,愈静愈艳,悄无声息却又无比灿烂。我弯腰捡起脚边一片落叶,脉络凹凸,还带着生命的青,"开到荼蘼花事了",探究的心,终究还是无法知晓,是花开荼蘼,才惹来冬天的寒冷,抑或是寒冷的冬天,渐渐地让花事荼蘼?

　　我一直偏瘦,也一直偏爱瘦的东西,觉着瘦的物事皆有品

相,端然、飘逸、骨感而铮铮。譬如梅瘦,竹瘦,鲁迅极瘦,张爱玲也极瘦,裹一袭华美的旗袍,从不允许自己胖起来。想来中国汉字博大精深,辩证地看,凡事瘦至清,有冷面,才有酷态,"清瘦"、"冷酷",念一念,便见水寒山瘦,万径人踪灭,想来冬天原也是瘦的,瘦出风韵,才冷出风骨吧?

何况,记忆里,冬天总是极具家园气味。三五成群的小伙伴,皑皑白雪,通红的小脸,穿着姐姐们的旧棉衣棉裤,空荡荡的,直灌风,小巷里家家户户堂屋里燃烧的篝火,走到哪都是热乎乎的暖意。最有意思的,是姐姐们提个小木桶,装着红的胡萝卜,还有脆生生的红薯,去村口池塘边,捅开一个个冰窟窿,汲上一桶清凌凌的水,拿一个烧火棍使劲地搅洗,皮猴子一样的我们,会趁她们不注意,从腋下抢走一个两个,迫不及待丢进嘴里,咬一口,甜甜的汁,满嘴留香。一边吃,一边跑,等姐姐们发现,小半个胡萝卜或者红薯,已下了肚,小人儿也跑得不见了踪影儿。

此去经年,那甜,那馋,让我至今思红薯,不肯忘冬天。

冬日,眼见一天比一天短,一天比一天的寒。伏首案牍,或卧在深闺,时光悄悄从指缝溜走,赶上偶尔晒晒太阳,看看飞雪,再碰上"三九四九冻死老狗",廊下挂着长长短短的冰凌……路过这样的冬天,晚来天欲雪,小小居室,邀三两闺蜜,煮上滚热的狗肉火锅,絮絮叨叨话起,到热气腾腾,敞开衣襟,能饮一杯无,该是多么富有情趣之事。

流年浅,寒气渐。时光的列车,驶过冬天的驿站,我似乎听到下一个路口,雪下的芳草在喊春天。

## 浅夏、梅雨和碎碎念

一进五月,雨一直淅淅沥沥,不曾间断。

时晴,时阴,一霎儿风,一霎儿雨,一场场雷阵雨后,一会子艳阳高照,热得人恨不得T恤短裤,一会子又冷得夹衫春衫齐上身,真个是乍暖还寒,最难将息。44床,从床这头,到那头,是五步,从床头到窗户,需要九步,我反复踱着,数着,病床上母亲蜡黄的脸,佝偻的身体,缓缓滴下的药液……让我一贯坚强的心,在经历一场风,一场雨,一场花事荼靡后,迅速土崩瓦解,变得无能为力。

母亲节,我陪母亲在医院。站在16层的窗前,俯瞰海川,阵雨后,一层层灰蒙蒙雾霾萦绕,平时巍峨的高楼大厦,竟显得矮小、沉闷,越发叫人压抑。想来母亲一生劳苦波折,吃尽了苦,好不容易退休了,原本可以好好颐养天年,却诸病缠身,曾经那般健硕,健步如飞的母亲,被高血压和糖尿病一天天消耗着身体,啥啥不能吃,稍有不慎,诱发各种并发症,住院成了家常便饭。好在,医学日渐发达,母亲的病尚可控制,有惊无险。母亲节,唯有祈愿母亲早日安康,快乐长寿!

41床是一个中风老人,住院来一直处于昏迷状态,连续几天照顾老人的儿子,不厌其烦为老父喂粥、擦身、翻身、按摩、倒尿,空下来就握着父亲的手,软语温言地叫着父亲,笑问父亲还认不认识自己,和父亲聊一些家常……小小场景,两个陌生人,不知

道为什么,总温馨的我忍不住别过头去。正潸然处,手机响了,远在千里的儿子们相继打来电话,轻轻的问候,淡淡的笑声,一下子挥去所有心霾,及至打开微信,不期然又收到儿子们520红包,那一份欣喜和满足,远远不是钱和言语能够表述……亲,可别说我矫情,人到中年,越来越多地看到花开花落生老病死,总有那么一个瞬间,一个画面,足以温暖我整个世界。

一开始看热剧《欢乐颂》,说不上有多好看,可看着看着,5个女孩子,经历不同,性格迥异,每个人有每个人的优缺点,却丰神俊逸,各有各的人格魅力,最起码把这个快速时代,人们早已急速快餐化的亲情、友情、爱情纠缠在一起,在整个社会急功近利的繁华,和人心浮躁的电光火石中,最后总有那么一些能够触动心底最柔软的东西,让我感慨,唏嘘不已。

情之一线,贯穿《欢乐颂》始终。关于友情,5个女孩子,身家背景不同,一开始冷嘲热讽,剑拔弩张,难免你瞧不起我,我看不上你,但当樊胜美一家陷入家败人亡的紧急关头,一众人等还是及时伸出援手,不仅帮樊胜美解决家庭困难,还帮她走出死爱面子活受罪的心灵桎梏。人在旅途,我们身边总会遇见形形色色的人,不断有人走近,有人离去,聚散离合原是生活常态,但赏心只要三两枝,真正的朋友,从来不是锦上添花,而是雪中送炭。

关于爱情,5个女孩子的爱情,啼笑皆非之余,皆兜兜转转扑朔迷离,最数安迪出人意料。奇点是初次敲开安迪爱的心扉之人,手把手教安迪学会爱和如何爱,可谁料爱如潮水,等闲变却,安迪在奇点的爱情学校学成毕业,最后造化弄人,却选择了小包总,一个真正能够让她笑的男人。爱情从来充满未知,两情相悦,一路执迷与疯狂,妥协和决裂,有人注定只能陪你一程,有人却一步步走进你的心灵。我们要经历种种相知、别离甚至背叛的过程,才会不断成熟,学会甄别、懂得和珍惜,知道什么才适合自己。唉,有时候想想,爱情,说到底,还真是前人栽树,后人乘凉的一个东西。

常言道戏如人生,但戏,终究不是人生,平凡普通的我们,终究不是安迪,更不奢望老天爷也给一个小包总来特别标配。其实我们这个年龄段蛮尴尬,谈爱已老,说死太早,即便三缄其口不说,一箪食,一瓢饮,却又事事关乎爱和死,这两个字,说轻不轻,说重不重,与平淡生活息息相关,无处不在,却又令人不敢轻易触碰。曾经听莫西子诗唱"我们只是打了个照面,这颗心就稀巴烂",简简单单一句稀巴烂,没来由地拨动了心弦,三十功名尘与土,尘归尘,土归土,我们更需要平淡中的细水长流。

追一部热剧,思索一段人生。静下来想一想,自己这样自得其乐的寂寞,到底是对生命的浪费,还是一种阿Q般的逃避?美人迟暮,李清照说:"不如帘儿低下,听人笑语。"想着这样的落寞,不免过于伤感,不可取;可那个嚷嚷着"出名要趁早"的张爱玲,名是早出了,情却殇尽了,从此桐花万里路,自我放逐在天涯,似乎更不可取;就连生活在人间四月天的林徽因,爱情事业双丰收,堪称人生赢家,却也不得不惆怅:"有些路,只能一个人走"……都说春恨秋悲皆自惹,这清浅的夏,万物蓬勃的生长期,湿漉漉的雨,淅淅沥沥,又淋湿了谁的心事?

夜凉如水,断断续续敲下这段文字,一抬头,窗外已是万家灯火,终觉得,这个世界,值得我们温柔相待。记得《诗经》里有句"心中藏之,何日忘之。"想我所能做的,就是记住那些美好,在平淡的生活里自我丰盈,继续前行。

# 夏天去哪儿啦

一进七月,小暑如期来临。

与四季,文人文字多半喜爱春之烂漫,秋之丰盈,就连冬天,也因皑皑白雪,屡被低吟浅唱,火热的夏天,去哪儿了?

有道是:"小暑大暑,上蒸下煮。"我们小城,却因为一场场不期而至的雨,让酷暑的脚步,远在水一方徘徊,天气还不算炙热。是日,三辆车,十几人,浩浩荡荡,吹响集结的号令,走进王店,走进高岗村,走进灵济寺。

一早还是艳阳高照,广场的天空,是难得一见的蓝天白云。人到齐后,挥师北上,大概二十来分钟的光景,我们来到了高岗村。眼前一溜两排齐整整的香樟树,左右一排排民居,对齐并列,中间一条柏油路,直直地延伸远方,途中,有风徐来,我们徐行数十步,便见豁然开朗:"土地平旷,屋舍俨然,有良田美池桑竹之属。阡陌交通,鸡犬相闻。"眼前景与书中《桃花源记》,合二为一,让我们惊喜的目光,分不清是在书中,还是在画中。

高岗村的建筑,始于70年代,目前基本保持完整,在孝昌远近算个奇迹。行走中,随处可见民房大门檐上镌刻的诸如"认真读书"、"愚公移山"等横联;屋檐角下赫然标注的"二十四栋",老写的栋字上,还刻有一颗闪闪红星;墙上残留的"多快好省建设社会主义"的语录;墙角处的石磨、大门前扑棱着翅膀惊飞的鸡、院墙上挂的丝瓜藤蔓……倏忽间,记忆划过我们小时候,那些和泥巴、过家家、弹弹珠、跳房子、集烟纸、吃绿豆冰棍以及翻山越岭看电影的过往,历历在目,太真实、太熟悉、太亲切,心中不由温情弥漫。

村的尽头,是一池荷塘,塘中一簇簇,密密麻麻生长的水草花,开一串串紫色的花,一眼望过去,香艳无比。淡淡阳光下,微风轻送,碧波轻漾,水中睡莲花开,塘边万千绿柳轻垂,走在彩砖铺就的石径,斜倚石栏杆,人轻轻松松往那随便一站,便美如一幅画。这美,美得惊艳,美在心坎里,美美的感觉,穿过柳叶的缝隙,穿过夏天,穿过风,吹皱一池水,清凉凉的与我们相见,沉默,欢喜,仿佛我们一直生活在这里。

怀揣喜悦的心情,我们一行人转道王店镇灵济寺。一下车,雕梁画栋,梵音轻叩,灵济寺的一山一水,一花一草,牵绊着我们依依不舍的视线,站在高高的山岗,朝远处看,头上空,庙上空,山的上空,是一朵更比一朵飘逸的云和雾,朝下看,是梯田、水库、夹着羊肠弯弯的小路,时间,在这里静止,我们的心中,荡漾着一波又一波的惊喜。

登高望,浅绿、嫩绿、翠绿、深绿、墨染的绿……目所能及的地方,皆是绿、绿、绿呀,绿色的海在流淌,只有这漫山遍野的绿,才让我们真真切切体会到,时令已然进入盛夏。树下、草旁、崖边,有美女拈花一笑,沉鱼落雁,时而远眺,时而低眉,时而轻盈俯身,最是那一低头的温柔,惊起一地的"长枪短炮",啪啪按快门声,嘈嘈切切,又袅袅婷婷,动静之间,人因景而美,景因人而灵秀,人和景,浑然一体,端端然入得画来。

一个村子,一半是历史,一半是生活,生活,还原着历史,历史,又静静低在了生活的尘埃,开出一朵朵花;一座寺庙,三分佛堂,七分仙境,在这里入则清净,出则轻灵。有诗曰"来自竹边无点暑,去从荷畔有微香",想一想,清凉盛夏,一村,一寺,三五友,来自竹边,去从荷畔,执手相看,微微香,消消暑,邀一壶月色,路过千山万水,原来,这里这么美。

总想去旅行,总想去看看他乡的风景,其实,最美的风景,在王店高岗村,在灵济寺,在我们身边。

# 人间四月天

淅沥沥的春雨,断断续续,一下就是半个月。

就连五一小长假,一大早也是淅淅沥沥,好在,好雨知时节,一夜间,往往我们睡梦正酣,它自个在那里兀自一霎儿风,一霎儿雨,早已悄悄飘洒。早起,窗前几只鸟的呢喃,舒展的树枝,吹面不寒的晨风,潮湿的泥土,和小区绿化带里随处可见,含露怒放的花儿、朵儿、草儿,像一幅幅连绵的水彩画,此起彼伏,深深浅浅变幻着,才一眨眼,季节就这么一点一点,铺天盖地地绿了,不知不觉踩上了夏的节奏。

唉,还没有好好感受春天,就已林花谢了春红。难得放几天小假,游子未归,我自然是老老实实待在家里,先美美地睡个回笼觉,听雨打纱窗。起来后,慢吞吞把花花草草从阳台外挪下来,修剪,施肥,移栽,再没事找事把床单、被子,以及那些不再穿的羽绒服薄袄毛衣,统统翻出来清洗晾晒,等到忙完闲下来,看阳台上挂满长长短短、红红绿绿的衣衫,我的心中升起一股不言而喻的满足,暖暖的,妥妥的,闭上眼,闻一闻,就醉了。

实在没事了，就靠在阳台，随意在手机上浏览，不经意翻到了林徽因的《你是人间的四月天》："你是一树一树的花开，/是燕，在梁间呢喃，/——你是爱，是暖，是希望"，心想这是怎样一个妙人儿，才能写出这样旖旎的诗？民国才女无数，大多情路坎坷，没有好归宿，偏只有林徽因一生爱情事业双丰收，这自然与她的才情有关，更与她的做人有关，她就是那"细雨点撒在花前""笑响，点亮了四面的风"，她的风华绝代以及和几位才子兜兜转转的爱情，惹来多少艳羡，想来她风光的背后，守着一段段冷暖交织的光阴，走过山重水复的流年慢慢变老，坐断寂寞，怕也是外人无从知晓。

这样的春天，这样的梅雨季节，读这样的女子，这样的文字，再怎么澄净的心，都免不了有些唏嘘、伤感，透不过气来，不如下楼，去小区外面走走。一下来，便看到楼下绿化带里的栀子花，已一朵朵打着花骨苞，四周栽的景观映山红、月季，也一大片一大片开得灿烂，拐角处，高高的遮阳伞下，石桌，石凳，几个老人在"斗地主"，旁边几人围观，散漫、闲适，远远看去，画面像极了老舍的《茶馆》，在宁静的午后，空气中弥漫着平实、安然和知足。

沿官塘堤走，飘进心海的，不止水声，还有这几天零零碎碎飘进耳朵的一些聒噪声，让人烦躁郁闷。许是经年来的与世无争，我在自我的世界单纯且放肆的滋长，浑然忘却了这世间，缺什么都不缺把"隔壁死了鸡"传成"隔壁死了妻"的无聊之辈，爱八卦，而且爱想当然的八卦，这是国人的劣根，所谓流言可畏，大抵是传来传去，人们所眉飞色舞津津乐道的已不是那时"隔壁的鸡"，而是一路以讹传讹"隔壁的妻"。所以，人到中年，删繁就简，

实在没必要把些不相干的人，请进生命里。就如林徽因说"终于明白，有些路，只能一个人走"，这样一路想，一路安慰自己，心渐渐释然，便一个人花前柳下，闲庭信步。

雨后的官塘，游人三三两两，平整的沥青路，矫健的小男孩，穿着一闪一闪的溜冰鞋，燕子一样从身边轻盈掠过。碧绿草坪上，推着婴儿车的奶奶，和蹒跚学步的小娃儿，一不小心摔倒了，惊起了奶奶一声紧似一声的提心吊胆，还有树枝间扑棱棱飞起的一两只麻雀。偶尔抬起头，透过柳枝的间隙，蓝蓝天上白云飘……新雨后，这些温馨的小画面，我近乎贪婪地看在眼里，映在心里，整个小区是祥和的，清新的，甚至是出尘的，我亦感觉身体在慢慢变轻，慢慢地，轻如一颗尘埃。

远远望，湖心几只野鸭，蜻蜓点水般忽起忽落，划开的波浪，一圈又一圈，宛如一些人、一些事，没完没了，一波才平一波又起。放眼望，亭台楼阁，花开花谢，恍然看见林徽因笔下曼妙的四月天，绕官塘走一圈，脚步踩在木制的桥面，听咚咚的声响，一颗心反而变得柔软。一路走，一路想，吹着风的软，心情在细微的改变，便又记起林徽因的话："该开幕的总会开幕，该散场的终要散场，但我们的心灵可以栽种一株菩提，四季常青。"林徽因，不慌不忙的坚强，想一想都有一种正能量，缓缓流过周身。

一枕湖水，半笺心事，人间四月天，简洁得只剩下清一色的碧绿和草木上空的流云，而我的心中，已悄然种上一株菩提。

# 听　雨

　　滴答…滴答…滴答答…夜色下的雨，一声声，惊破一瓯春，敲打在廊下。

　　晚饭后无处可去，一个人临窗而立，落地玻璃窗，平静、冰冷，试着呵去一团热气，镜面上迅速化成一片迷雾，指尖在玻璃上滑来滑去，新的雾气又慢慢蒙了上来，漫不经心的手指，一撇，一捺，反反复复涂抹，很多物像逐渐模糊，隐退，贯穿在指尖始终抹不去的，是思维中浑然不觉的记忆。

　　逼仄的街道，烟雨霏霏，雾霭弥漫，间或走过一二行人，小小的伞，湿了衣，湿不了人的视线。淡黄色路灯，如粒粒蚌珠，一字排开若明若暗；细雨斜织在水泥地面，灿然开出一朵朵雨花；浓密的香樟树叶，满眼翠绿，不胜娇羞，滚动着晶莹的水珠；耳边的风，轻轻的，碎碎的，不大，刚好隐隐听得见丝丝的声音，等转一个身，已是嘈嘈切切，与淅淅沥沥雨声交错杂弹……

　　极目处，林立高楼，割短了视界，能够看见的东西，少之又少，所有人悄然归家，除了风雨，除了黑白，一切失去斑斓的色彩。

　　这样的雨夜，我常常失眠。辗转的心，相吊一灯愁，冲不出夜雨的包围。

　　打开QQ，浏览在线列表，不断变换的网名，让我忘了谁是谁。窗外有芭蕉，阵阵黄昏雨，适合听一首《蕉窗夜雨》，立刻，一

地古筝,满堂春色,充盈丰满的旋律,让目光走过千里之外去看望,夜雨笼罩下高山河川,青砖黛瓦,和陌上草籽花开扯猪草的小女孩……静谧的空间,流泻着清雅的音乐,想必就是遇上渔灯昏暗,客船飘摇,午夜梦回时,一定不是声声离人泪,一滴人心碎。

雨,是夜的精灵,放飞的心,穿越城市的水泥森林,渴望故乡的泥泞。

夜听春雨,雨有声,沙沙的声音,柔和、细腻,像小时候精心饲养的春蚕,蜿蜒蠕动吃着桑叶的声音;雨亦有形,看细雨斜飞,一条条,如线,如丝,织就一幅水墨山水,画面上三三两两线条,勾勒着少年、微雨、双飞燕、牧归牛,还有空旷的田野。清晰可见赤脚的少年郎,头上戴的斗笠,细密、厚实,经纬分明,滴着雨水……

蓦然回首,已是桃李春风一杯酒,江湖夜雨十年灯。

不如守候一窗灯光,一家子大大小小围炉夜话,小小天地间,有一脉温情和祈盼;或者一个人,耳听夜雨,手握闲书,那些润物细无声的感觉,不在文字,而在心情。黑漆漆的雨夜,便有了许多旖旎的想象,听多少孤独的旅者,羁绊在他乡,眷念的故乡,原来只隔一山遥;想多少乍暖还寒的思念,兜兜转转在水一方,所有牵挂的忧伤,不过是一场往事如烟……

灯下独坐,丝雨如帘,看夜,夜黑而深沉,不事张扬;听雨,雨细而缠绵,滴滴点点,宛转轻盈,放任自由的雨声中,天上人间,只有我,和被雨声统一的寂静和安宁,这样的时光,让人的思绪飘飞得专注,遥远,一颗心渐渐走向自我,走向平实,走向繁华背后的柴扉寂寂。

风声、雨声、读书声,贵如油的春雨,一夜间瓦解了倒春寒的冰冷和坚硬，淅淅沥沥的柔情，唤醒了慵懒的桃儿梨儿杏儿梦。春风习习，花香微微，二月似剪，轻轻裁出细柳的嫩绿和鹅黄，谁家的花园，撑起了蒲公英的伞……风雨过后，小城褪尽冬的臃肿，一切开始明净、柔媚。

早起，又是一个艳阳天，雨的思绪和伤感，在夜的远方蹒跚。抬头看云，低头听雨，潮湿的心，会不会和湿漉漉的春天，不期而遇？

## 等待一场雪

天气预报说，近日会大规模降温。潜意识里，我在等待一场雪。

风簌簌，吹进颈窝，刺骨的冷。行走在满世界的风里，广场上枯黄的草，观塘边倒垂的柳，街上晃动着的人群，店铺里流淌的歌，都在高一脚低一脚，染上冬的色彩和足迹。严寒穿透刚买的棉衣，让肌肤触摸到某种意想不到的凛冽，很多浓浓的冷意，来自心底，在商家此起彼伏的吆喝声里，恣肆飞扬。

拥挤的街上，来来往往车水马龙，嘈嘈切切的声浪，一波一波，不知疲倦鼓噪着黑发下的双耳，鼓噪不起一潭静水的心海。大街上无一例外的热闹，蠢蠢欲动的年味，仿佛是别人的，是新年的，而与我无关。

大多数的时候，左拥繁忙，右拥寂寞，平淡的日子，琐碎得让人难以闲庭信步，每一个转身，都会碰落一地尘埃。漫回忆，我眼

神温柔,除了叹息,除了独上西楼,曾经的岁月早已如风,让我只能在这个冬天,静静地去等待一场雪。

至少,在某处静谧的空间,在冬的世界,我的心底,竟是如此,如此渴望等待一场雪。

喜欢雪,由来已久,没有缘由。这个冬天,总是嫌雨太过缠绵,风又近乎悲催,而霜洗尽铅华,触目处尽是莫名的萧瑟。只有雪,飘逸轻盈,宛转悠扬,白茫茫一片,让我的心,在岁末,在新年,在如约而至的2012年,充满了倾城期待。

安静站在一元新开始,执一杯清茶,听一首老歌,想一段过往,一个人的世界里,等人,等事,抑或等一段旧时光,总会因为等而专一,因为专一,才心甘情愿去等。想那简简单单一个等字,舌尖轻轻一个打滚,吐气如兰,眼前已是一派祥和弥漫,继而情思惘然欢喜盈袖,更何况,我等待的,还是一场皑皑白雪。

等,是甘于一种宿命,是昂扬某种心态。等待一场雪,其实,等待的,是一个琉璃的世界。

用心等的东西,淡淡的,飘渺的,冥冥中与心灵小语,总会有些许潜然,些许落寞,些许凉薄……

也许,遥知不是雪,为有暗香来。

想象着此时,窗外飘着雪花,天地间洋洋洒洒,漫天飞舞的白雪,带些前尘旧事,一朵朵鹅毛般涌进我的视线,飘飘然,凛凛然开成一本无字之书,什么时候不经意地翻开任何一页,都可以看到,一个洁白的世界,某些遗忘的过往,会像冬天里的一把火,把荒芜的心情,漫不经心逐一点燃。

偏偏正午的阳光,惨白、寂寥,丝毫看不到瑞雪要来的吉兆,香樟树依然葱绿,脚下飘有零零落落的叶,随风旋转。身边走过带着棉帽的老人家,弯着腰,小心翼翼紧跟着蹒跚的孙女,一步一惊奇,一步一欢喜,老人开心地微笑,不由自主荡漾在花白的胡梢。这样的情景,每每擦肩而过,也会让我无端感动,温馨满怀。

生活,只要有心,时不时会发现不一样的温暖。

一个人等雪,两个人望月,三人行,必有我师,宁静的午后,桌上有茶,Q上放歌,窗前是点点阳光,雪的声音悠悠在耳畔回响,发呆的我,会不期然跌入那雪一样的时光,有一种凉凉的期盼,缠绕在指尖流年,心会慢慢安静下来……

等雪,也是等一种境界,惊喜的是一颗沉寂的心,等自己和骨感的现实面对面,放弃早该放弃的,等待天地白茫茫一片。那是一场人与雪的盛会,天知,雪知,我知,你却不知。

一切的喧嚣离我而去,等雪含来春天的钥匙,缓缓打开一扇心窗,那么,与2012一齐到来的,是不是,也能芳草碧连天?

## 平安夜,愿我们平安

平安夜,风乍起,寒潮如期来临。

华灯初上,路边的香樟树,在冬夜幽蓝的帘下轻轻摇曳,纷纷坠叶飘香砌。远处传来一两声汽车笛响,冷峭的风,扬起颈间嫩黄色围巾,飘飘绕绕,一个人,一丝落寞,清清淡淡散步在月色融融的街道。

到处是人,到处是歌,到处有阡陌纵横的广告,家乡今天的夜晚,与往日并无二样,空气一如既往的寒凉,而淡淡的星辰,轻轻浮起记忆的苍茫,缀成一些小小的无法预料的忧伤,不盈一握的浅浅萦怀。

信步来到观塘,一望无际的水面,在冬的寒风下,卷起层层微波小浪,连绵、婉转而跌宕。深邃的水,淡天一片琉璃,幽幽不见底,映照着远方霓虹灯的倒影,一闪一闪,鬼魅一样的飘逸,跳跃,掀起心底层层叠叠的波澜,思往事,惜流芳,易成伤,滋生一些不真实的感叹,游离在镜花水月,欲说还休。

这个季节,看到太多寻常百姓家的生老病死,易得凋零,更多少、无情风雨。有些人,有些事,注定在我们的视界之外,生命短暂而璀璨,再多的不舍,如花的生命也无法逗留,无从挽留。平淡的生活中,那些尘世的烦恼和无奈,总是宛若苍穹寂寂的群星,眨眼间不经意闪在眼前,挂在眉梢,流星一样划过无垠的夜空,如同我们永远不会知道,明天和意外,哪一个会在曙光升起的黎明前来到。

街道两边的路灯,一盏一盏,亮如粒粒蚌珠,次第开放在在淡淡的夜色下。眼前走着一个八九岁的小女孩,一手牵着娇俏的妈,一手拉着帅气的爸,头上的蝴蝶结,艳艳的那种中国红,粉黄小袄儿,浅紫短裙,软语娇声,活泼可爱,让我的视线忍不住,一路追逐着她的背影,心情也渐渐快乐了一些。拢在羽绒服兜里的手,感觉到手机的震动,欢快的铃声,送来了朋友圣诞节的祝福,带来心灵的一片温暖。

迎面而来曾经的同桌,傍着她的那一半,一脸小资的浪漫。我俩四目相投的一刹那,会心一笑,击掌问候。相拥站在街角,料峭北风卷起稀里哗啦一阵阵花枝乱颤,吹过叽叽喳喳惺惺相惜的幽怨,从季节冷暖到柴米油盐,从孩子的难以伺候到爱情的日渐萧条和懈怠,最后那声心累不累的相互怜爱,直抵灵魂深处,叫人心生叹息,相互劝慰好好活着,且吟啸,且徐行。这就是友情,当一些人在关注我们日子过得好不好时,只有至爱的那么几个朋友,在关心着我们的心活得累不累。

与闺蜜执手握别,折身拐进商场,飘过琳琅满目的商品,来到小小的书屋,随心翻看一些杂志,蛰伏在脉脉书香里换个脑,稍事休息,时光不知不觉溜走。眼看倦了,心也宁静了,就慢悠悠晃到女人的服装世界,试上一款黑色短大衣,齐膝,有腰带,系上酡红的围巾,配上黑色的长筒靴,镜前一站,渐秋的人,寒冬下简简单单,袅袅婷婷,依稀闪着春一样的轻灵,飘着夏一样的清秀。

出商场时在门口看到了苹果,一个个红彤彤圆润润,用花花绿绿的纸包着,五颜六色装扮一新,价位自是与平日不同。我兴高采烈买了几个,回头深深看了看门口绿色的圣诞树,闪着璀璨的小彩灯,挂着小小卡片,仿佛听见雪车滑着地面的声音,走来背着大大口袋的圣诞老人。

左手揽着衣袋子,右手拎着象征平安的苹果,临风一步踏月十分,我出门一身清幽,归来满怀圆满的惬意和怡情。

尔后,坐在屏前,对闲窗畔,停灯向晓,遥望碧天净如扫,在心灵的国度,一任新鲜的、洁净的、柔软如雪花般的,一个个轻烟飘渺的话语,缓缓结字成文,飘雪而吟,敲打着寓言里的故事,指尖微暖,心情如歌。

很多时候,简单生,快乐活,幸福其实就是一种感觉。圣诞节的平安夜,逛街遇友看书购物,我平安漫步着,简单喜欢着,随心从容着,从一个有着五千年文明的古老国度,到浪漫西方去感受在水一方的节日,温馨地对你,对我,对整个世界说着:圣诞节快乐!

记添衣,愿平安!

# 八月未央

一场雨,和一场雨之间,秋,不经意间轻悄悄地到来。

来不及远走的八月,云淡风轻。傍晚的小城,空气里充满盛夏遗留的气味,官塘四周形形色色的树,眨眼间绿得层次分明,飒爽秋风下,平日波澜不惊的湖水,一波赶着一波,动荡、起伏、惊心动魄,仿佛整个夏季,它都蛰伏在静静的湖底,积蓄力量,不动声色地等待秋天。

瓦蓝瓦蓝的天,大朵大朵的白云,大街上来来往往川流不息的车辆,叫卖的小商贩,骑车的我,擦肩而过熟悉和不熟悉的人,一切与平日没有两样。迎面吹来习习的风,扬起碎花的裙摆,清爽、飘逸,拂过路边香樟树的婆娑,一步一步泄露了秋的踪迹……总以为日子一成不变,一回头时猛然发现,秋天,施施然,以一种恣肆和张扬的形式,铺天盖地活跃在一草一叶的呼吸间。

将秋,未秋,正是好时候。不论是季节还是人生,于潜移默化间变得敏感、生动、温润,舒张着某种不言而喻的成熟和愉悦。

譬如今天,一大早雷声轰轰,顷刻间下起了瓢泼大雨,街上积满高一洼低一洼的水,我站在办公室窗前,看着密集的雨帘,在马路上溅起一朵又一朵的水花,旋成湍急的水流,极为担心家里会不会再次进水。及至中午,却是艳阳高照,晴空万里,看不到暴风雨的影子。一场秋雨一场寒,我们无法预知什么时候下雨,什么时候天寒,如同藏在内心深处的某些情感,不知什么时候沉寂,会在什么时候泛滥。

　　明媚的午后,绿色窗纱沁进一缕缕温和的光亮,我低头绣花,安静地看着一针一线上下穿梭,累了的时候,站起来,仰着脖子,望一望后院外的玉兰,一棵棵挺拔葱翠,很养眼。或者,轻抿一口茶,打开电脑,我听着小曲,逛逛淘宝网,路过你或他的空间,再回头在日记里,漫不经心涂抹点滴心情,斑驳,游离,一个字一个字地慢慢释放自己。

　　日复一日,一如既往地上班、看书、上网、散步,左走是逼仄的小巷,隔壁的阿婆,在廊下欢天喜地逗弄着胖孙子;右行是市井的喧哗,卖菜老爹满脸菊花瓣,一双嶙峋的手,黄色球鞋沾满黄色的泥巴,脚边躺着一篮小白菜,一棵比一棵碧绿可爱;拐角处,有烧柴的土灶,刚刚起锅的发粑,蒸出黄亮亮的硬壳,热乎乎,软绵绵,就点咸菜,来杯热豆浆,经常成为我的早餐;偶尔发呆,抬头看天,有呜呜啾啾的鸟儿,自由飞过……日子闲适、散漫,今天依然是昨天的继续,漫步红尘,我忘了季节的问候,在简单里轮回简单,在流年里错过流年。

　　渐渐地,我发现自己,不知不觉成为一个常常心存眷恋的人。

　　人生就像一场旅行,所到之处,邂逅一场场与众不同的风景。某个相识的刹那,曾经会心地相视一笑,又或者在某个时刻,一句极平常的话语,正对了那时人儿的心情……赏心只有三两枝,花如是,人如是,于是轻轻地想起他和她的好,以及举手投足间的那份默契和妥帖,丝丝入扣,仿佛是最知己的老友,絮絮说着陈年旧事,分享内心曾有的波澜,指尖的光阴,会渐次变得柔软,我的内心,因之而充满温暖。

　　盘桓在记忆深处的,总是一些散淡的事情,一些匆匆路过的人。人生有白头如新,倾盖如故,有些人,原本亲密无间,走着走着就丢了,有些人,萍水相逢,从不交集,一句话,一辈子,开心地做着自己想做的事情,常常激起心底深处最温柔的共鸣。

是啊,你若安好,便是晴天。

"执笔有时只是一种清凉的欲望,无关悔恨,更无关悲伤。"当年读席慕容这句诗时,羊角辫的我,正徜徉在一望无际的油菜花地里,笑容灿烂一如油菜花的金黄,今儿再度提笔写出,窗外,已是八月渐浓的秋色。

# 九月授衣

周末。一杯茶,一盏时光,三五闺蜜,腻腻歪歪小聚在一起。

茶几上摆着一碟碟瓜子,水果,悉悉索索,沙发上慵懒的斜斜歪着,卧室的床上,弥漫着窃窃私语……大家吃着,说着,笑着,唱着,伴随着拳打脚踢的麻将声,此起彼伏。

满屋子嘻嘻哈哈的女人,斗嘴、打趣、调侃,谈生活、谈人生、谈各自的家庭,这样的时刻,是喧哗的,热闹的,温馨的。

无一例外会说到孩子。她说:临分手时孩子哭得一塌糊涂……她说,坐上了车,我走了多远,眼泪就淌了多久……从不曾离开过身边的孩子,从此后,衣食住行,孤身一人,牵绊了多少父母心。

"伤心到处闻砧杵,九月今年未授衣",这是陆游的《初寒》,斯时斯景,千百年后的今天,笑声渐悄,秋意渐寒,我的视线渐次模糊。

依稀记起那个九月,我和老公一起北上送儿子上学。一路的拥挤和颠簸自是苦不堪言,初秋的天气,将冷未冷,说热犹热,石家庄纬度低,正午的阳光,依旧白晃晃,仿佛直接盖着头顶晒。好不容易到了学校,仍然到处排着长长的黑压压的龙阵,南腔北调那叫一个人多。我们一家三口,兵分三路:登记、找寝室、缴学费、买饭卡,领行李,办银行卡……哪哪都要站队等待,这里等等,那里排排,急不得,快不得,直到日落西山才一一搞定,人是累得个半死。

到餐馆炒菜吃饭,儿子一直低着头,有一筷没一筷的,没滋没味吃着。想着朝夕相处,平日里打个小喷嚏,都会让我紧张好半天的儿子,此后冷了、热了、饿了、累了、痛了……在他乡都将独自一人去承受,我的心情就抓心抓肝的不好受,只能勉强忍着,一家子相顾无言。时间一分一秒滴答滴答走着,终于,要上车了,要和儿子分手了,我们慢慢、慢慢站起身,一瞬间,儿子突然眼睛一红,忍不住的泪花,在眼睛里打转,我轻轻揽过儿子,拍着他的背,喉咙却如刺在梗,万语千言一句也说不出来。

那一刻,无语凝噎,即使时光流逝,永远定格在记忆的窗棂。

黯然回首,想起当年母亲送我上学时。那时候行李简单,一个背包就够了,母亲替我扛着行李,我拎着几件换洗衣服,报名不需要排队,缴纳几百元学费,然后按名册发放粮票和生活补助,领取书本,半个小时报名手续一切就绪。来到寝室后,母亲一边为我铺床,一边和室友们打招呼,嘱咐大家在外要相互照应,嘱咐我要按时吃饭注意冷暖,嘱咐我好好学习常回家看看……

如今,我说着母亲当年说着的话,儿子,走着我当年走过的路。

左是母亲,右是儿子,中间的我,恍恍惚惚二十年,相同的心

情,不同的背景,涓涓流淌着透不过指尖的光阴。

其实,人生路上,我们一直在话别,与亲人,与时光,与自己话别。

十几岁的年纪,和父母话别,像一只自由的鸟儿,不管不顾的飞向外面的世界,求学,就业,开枝散叶;人到中年,送子女上学,眼睁睁看着子女像当年的自己,小鸟一样的不管不顾飞向外面的世界,开始一步步,离家越来越远,回家越来越少。

忘了什么时候起,我不再打仗般在单位和厨房间争分夺秒,不用细心搓洗着儿子爱穿的那条发白牛仔裤,当时空趋于宁静,总有忍不住的眼泪,日子变得漫不经心失去忙忙碌碌的重心,寂寞成为须臾不离的空气,我呼吸着它,感受着似水流年一分一秒的惘然和真实。

人生七十古来稀,掐指算来,拼接上幼年和父母相依,成年与儿女相伴的时间,一大家子相依相守的日子,大约介于三十年左右,余下大半生的光阴,会因为这样那样的原因,不得不天各一方。惦念父母,想念儿女,悠悠流年我们一直安静地呆着、望着、念着,看看阳台上的某盆花,数数枕上的几丝落发,坐拥悄无声息的时光,和时光里的自己,记不清多少回高城望断,灯火已黄昏。

诗经里的九月授衣,说节气,也说农事,意思是到了九月,妇女们要开始做一家子御寒的冬衣。原来,一个授字,饱含着天下母亲辛勤付出,和眷眷母爱的给予,冥冥中早已注定了宿命轮回,代代相承,而生生不息。

十一和中秋双节来临,学子千里迢迢的脚步即将启程。寂寂的夜,一如往昔般安静,听得见心儿怦怦跳的声音,有璀璨的流星划过宝蓝色的星空,想我白发苍苍的母亲,此刻,是不是和我一样,正临窗对月,望尽天涯路?

## 寂寞流年锁清秋

　　山远，云黯，秋风在耳边轻言，空气里飘来微微丝雨，点点滴滴，侵袭梦的一枕薄凉，易得凋零，记忆中的油纸伞，袅袅婷婷，回首西风里，尽是空白影像，无言独上心头。

　　窗前的吊兰，颤动别样的丰姿，菊花开始姹紫嫣红，恍然漂浮岁月的静幽，清秋的黄昏，梧桐更兼细雨，梓树笼罩了孤独，霓虹灯的闪烁，失去了昨日的风采，一片寂寞的秋，染尽季节的心湖，路边的花丛，犹在淡淡暗香盈袖。

　　漫卷诗书，寂寞总是欲说还休，流年似水叹风华如一指流沙，想起那个乍暖还寒时候，最难将息的一代词人李清照，在国破山河在的凄凄惨惨戚戚中，晚年再嫁遇人不淑愤起离婚，她的寂寞是必然的，更是凄惨的，三杯两盏淡酒，怎敌他，晚来风急？这种难言的寂寞，只恐双溪蚱艋舟，载不动许多愁，笛声三弄梅心惊破，创造了一种东方女性的人格美，成就了一个无比优雅的寂寞女词人。

　　还有那出名要赶早十里洋场的张爱玲，一袭华美裹着的绝代佳人，喜欢一个人，会卑微到尘埃里，然后开出花来。因为爱而一生寂寞，在满世界为她而热闹，她却躲着，躲得谁也找不到她，躲在连邻居都不认识她的海外，流年如花的她深刻玩寂寞："酒在肚子里，事在心里，中间总好象隔着一层，无论喝多少酒，都淹不到心上去。"在漂泊异乡的寂寞中，她颓而不废，孑然永生一种敏感的灵魂，一种精致的风韵。

　　短的是生命，长的是磨难，李清照因为国破艰辛的寂寞，连天衰草，望断归来路，露浓花瘦打造了一种女人的无限优雅；张爱玲自我埋汰自我放逐的寂寞，是一种深刻的故意，因为懂得，所以慈悲。她们活得寂寞，走得寂寞，在她们乘风归去后，文学没有寂寞她们的才情，永远流传着她们风华绝代的美丽和不朽。

　　读着她们的寂寞，悸动着多少惆怅，婉约的清句，卷起一片碎心的烦愁，勾引曾经的伤感依旧，邂逅总是不期而遇，刹那芳华，冷峻早把秋衫穿透，落花犹在，香屏空掩，人面知何处？守望寂寞清秋，唏嘘寂寞流年，我仍然选择一条无人走的寂寞花径，宁愿相信，童话永远离我最近。

　　走在熟悉的路上，熟悉的街旁落红无数，满是飘叶的狼藉，一夜之间，秋天席卷而至，风冷了，雨过了，秋的晨风，吹皱心的孤独，弯腰捡起一枚秋叶，曲曲弯弯的脉络，轻叠数重，淡着燕脂匀注，含笑锁定清秋满怀。

　　寂寞是什么？寂寞就是一种生活，是风，是雨，是月满西楼的夜晚，安静地凝望红尘的晨昏暮午。捡尽寒枝不肯栖，寂寞沙洲冷，悠悠岁月细数清秋华发三千，似水流年，寂寞无言。

## 忧在清夏

　　四季如风，自然更替。
　　我尤喜春意嫣然的烂漫，也向往着秋收的沉甸和寒冬的凝重,而唯独就是酷热的仲夏,对于朝九晚五的我来说,难堪挥汗雨藉,不耐空调风揉,在烦闷和燥热中无所遁形,苦不堪言。

今年的夏天姗姗来迟,三天两天下个小雨,空气异常的湿润,太阳躲在厚厚的云层中,难得露个笑脸。往年的这时候,早就是酷暑当头,热得叫人喘不过气来,现在却时不时的烟雨蒙蒙,弄个凉爽爽的连连阴天,整得像西双版纳一样的气候宜人。

我很喜欢这样的夏天,没有骄阳似火晒黑皮肤,没有汗流浃背渲染的狼狈,满街上可以看到随心所欲穿着美丽的衣裙,有着白皙的肌肤,婀娜的身姿,尽情秀着姹紫嫣红的丽人风采。可是,打开电视,充斥于眼球的是北方的酷热南方的暴雨,云南的久旱广州的长涝,雪融了,海啸了,地震了,不被地球人珍爱的地球暴怒了,咆哮了,举目于全球的气温变暖,震惊于层出不穷的自然灾害,震撼于触目惊心的悲哀,简单的一句"汶川挺住,玉树不哭",我的唏嘘,我的焦虑,怎一个"忧"字了得?

人们啊,面对着季节的颠覆,气候的无常,我们若还是熟视无睹,太可叹!面对自然的灾害,生命的消亡,我们若还是无所事事,太可悲!面对世界沧海桑田的掠变,我们若还是乱砍滥伐恣肆妄为,尤为可耻!秉承着祖先五千年的灿烂文化,畅享着现代文明的我们,拿什么来拯救我们赖以生存的地球之母?拿什么来庇佑我们的子孙后代?

很是想念暮色中的儿郎,挣脱妈妈蒲扇摇晃的宠爱,去追逐着一闪一闪萤火虫的光芒;很是怀念小时候的池塘边,榕树上有知了在不知疲倦的叫唤;很是眷念记忆中爸妈稻花香里说丰年,听取蛙声一片……什么时候,我们可以还自然一份清新的空气,再听一听知了叫唤和蛙声一片?

在这个凉爽的夏天,我用囊中羞涩的文字,饱蘸着对生命的

关爱,生活的期待,光天下之忧而忧,尽小我之薄力,从小事做起,在这个温情脉脉的天气里,虔诚地过一个环保、低碳、祥和、愉悦的清夏,不亦乐乎?

# 也听风吟

## 1

风乍起,窸窸窣窣,如薄薄的刀刃,一片,一片,裁剪着寂寂的心情。

大多数的时候,我会沉静如一潭深水,人生很多事情,一旦用现实剥离出本来面目,曾经的相见恨晚,也会在流年,在指尖,在心田,渐行渐远。

此时,窗外阳光温暖,冬天,在季节深处,亦是妖娆而丰沛。

## 2

登上QQ,一贯隐身上线,默默的,不想和谁谁邂逅意外。

没事逛逛淘宝网,曾经有一段时间,我乐此不疲。忘了多久没有那种等待的快乐,也忘了多久没有敲打文字心海,一切,总是那么漫不经心,想和不想,日子依旧如水般流淌。

虽然设置了访问权限,空间依然有人来来往往,有人转帖,有人路过,有人点赞,所有人皆行色匆匆,如过客,熟悉和不熟悉的,没有一个人,顺便问一问我的寂寥。

看天天淡,看云云轻,看着空间曾经的心情,一不小心,是铁马冰河,断壁残垣。

## 3

突然一惊,有多久没有看到你的行踪?有多久没有注视你的世界?

想起我们曾经相遇,闲谈甚欢,无聊时吹一吹唐时风,聊一聊宋时雨,茶余饭后家长里短,浅唱,低斟……曾几何时,我竟然忘了去你那看看,哪怕是路过。

倚在这个冬天的门口,听着风声,有些心事,在风中凌乱,我不知道,窗台上那一盆吊篮,是不是依旧迎风招摇,姿态可掬,葱绿而缠绵?

悄悄的,许多事物在我的视线之外改变,一如我的空间,不知何时,悄无声息湮没了你的世界。

只是曾经,曾经我以为,遇见你,遇见了我的传奇。

## 4

从春天到深冬,从相识到恍惚,大把大把的光阴,从你来,到你走,竟然是转瞬。你微信的头像,除了偶尔一点小小变化,提醒我你还在,提醒我,一直还有你关注的视线。

说好一起在雪堆里打个滚。只是,在等待冬天那场雪到来之前,此岸到彼岸,心和心之间的匍渡,其实在我们还没来得及开始,一切在这个冬天,就已风吹无痕。

于是,夕阳西下,一个人溜达溜达,湖边的垂柳依依,旷达、凉薄,远处谁的歌声袅袅,流年咚咚的脚步,总是不经意的,丈量着星和心的距离,很近,也很远。

这个冬天,走在季节的风里,多少心情在这里改变?风不言,你不言,我知道我的叹我的恋,已然与你无关。

等风来,听风吟,有那么一个人,住在心里,告别在生活里。

## 5

冬真的深了,尽了,风声鹤唳里,已渐渐走来年关的身影。

捧不起,是水中的月亮,不经意湿了谁胸前的衣裳,在行色匆匆的季节面前,谁也不会是谁的谁,切切风声一再告诉我,这不是意外,是结局,不小心吹走你身影的,不是我,是风。

也听风吟,一寸还成千万缕,往事已随风,把若有若无的忧伤,吹成漫天一场场流星雨。天会荒,地将老,多年后,你会不会记起,有一场雪,也曾打你的世界飘过……

佛曰:留人间多少爱,迎浮世千重变。与子成悦,终究还是逃不过尘归尘,土归土。

抬头看天,低头看水,在不在一起,又有什么关系?

## 第五辑

### 时光如简

## 思念在秋水微澜

雨后的夜空,澄清高远,群星并不璀璨,一抹抹流云如烟,看不见月牙儿的脸。路灯一个挨着一个,闪着一片片暗黄的光,在盈盈的湖面轻轻的一圈圈,一环环荡漾,泛出一波波深远的蓝,在夜的水面幽深深的跳动,忽明忽暗鬼魅一样的妖姬着。

这样的夜色,这样的湖光,和着堤上柔柔飘过温情的风,在心旷神怡的静谧中,悄悄抚起我寂寞的裙摆,一种浅浅的幽幽的情愫,看不见摸不着的漂移在叶叶田田的心海,不经意间一层一层将我紧裹,浸透,荼靡。

总有一些忧伤,在记忆里摩拳擦掌,淡淡的星淡淡的光,淡淡的惆怅盈满心房。临水凭栏,蛰伏在心灵深处的思念,穿行阡陌,漫过红尘滚滚,小桥流水相思缱绻,一笺笺心书婉约寄梦流云,托语微风,浮生若梦我从不曾将你遗忘。

寂寂的夜色我在心灵深处黯然想起,念你在千里之外,想你在季节迷离,年轻的爱情已远,曾经的青涩如梅,渔桥灯火枫林唱晚,有一种情感深埋心间,在明月落红香满径里,任凭我一颦一笑牵动你的眼神,已不是爱情;有一种思念轻诉流年,任凭你诗间漾满如水般柔情,粒粒滴尽相思的浪漫,心似双丝网,中有千千结,却无关风月。

偶然相遇我们相望在时间的彼岸,相守在心灵的南北,透不过世界繁华漫不过尘世喧闹,今生注定我们相知不相许,相惜不相怜,相思的枝枝叶叶招摇,忧伤的藤藤蔓蔓纠缠,你年轻的承诺经不起时间的琢磨,长相望怅相忆,思念贯穿了彼此的心领神会,始终走不出牵挂的温暖,我不愿相信不敢坚持,如水流年我不能执手早已放逐你在海角天边。

谁能说这不是千年等一回的缘份?谁又可以认定这是不喝孟婆汤的轮回?于千万人之中,于千万年之中,在时间无涯的荒野里,没有早一步,也没有迟一步,我遇到了你。那些种种过往历历在眼前,遇上了你,我也只能轻轻地说一句:"哦,你也在这里吗?"

过往云如烟,过去记忆如烟,断断续续的画面,模糊了你当年俊秀的脸,我用回忆把理不清剪还乱的清愁温柔高高盘起,换一生青灯随,一念永无悔。有一种思念,横亘着飞不过的沧海,经受着痛入骨髓的缠绵,坚持,需要一生勇气,放弃,更是一种大气。

简单生活,简单爱,一杯清茶,一段轻音乐,一丝丝如花的寂寞,一点点沁心的文字,小楼昨夜又东风,我简简单单思念你在相思湖畔,秋水微澜,无关爱。

## 浪漫的滋味

秋天的午后,暖暖的阳光,密密照射在阳台上,有着不胜烦闷的浅浅燥热,天很高很远,淡淡的云儿连成一片,透不过秋天的蔚蓝。我斜倚栏杆,随手的窗台上一杯清茶,飘着脉脉茶香,袅

裳勾引了我一世浪漫情思惘然。

假日里阳光灿烂，心情很美，空气里有醉人的香味，闲看天边云舒云卷，静听庭前花开花落，一个人的时候，总会安静地在岁月的角落，想很多的问题，想很久远的记忆，懒懒地听着音乐，品着茶香，随心所欲地想些小小的心事，念起曾经的潮起潮落，端茶浅斟，饮尽繁华，茫然已是又一年岁。

平淡的日子，如茶一杯在我眼中迷离，于我心里泛滥，或明或灭的想念，欲说还休的惆怅，零零碎碎的片段，如秋天的阳光在心灵的窗格，织就浅浅深深的藤蔓，爬满剪不断理还乱的清愁。那些红尘的牵牵绊绊，尽在品茶如人生时，一任无涯的时间，把温婉柔弱锻造的如是坚强，包裹我层层叠叠的浪漫，不曾张扬。

可是浪漫偏偏与生俱来与影同在，刻于风骨融于血脉，笑谢宝马香车，淡看千帆尽过，晨起剪风为花，秀一秀生活的芬芳，暮时裁月做裳，舒一舒记忆的明艳，这样简单的生活，简单的浪漫，总在我的文字里固执的流连，往返于岁月的葱郁和灿烂，所有浪漫的字眼，竟都与你有关，想念你，我别无他法，寂寞的情怀，在如水的文字里一边书写，一边如水弥漫。

故事总是很纯，记忆温馨如昨，心海的阡陌，总被你婉转的身影，舞动着书生千年的执着，雨巷的油纸伞，冷冷浸染我飘渺的凝眸，透过遥遥唐诗宋词的清音丽影，你居然读得懂我深藏的落寞，明月清风一厢情愿用，温柔荡气的诗笺，不离不弃点燃我身后千盏古灯，宛然飘成我窗前的风，落为我庭前的柳，缠绕温暖我经年的萧索。叹只叹，尘缘从来都如水，再美的浪漫，终究飞不出时间的沧海，烟花一梦换了芳华，奈何？

不得不华丽转身，放弃尘嚣里你遥远的誓言，故事深，笑意浅，我注定是一个寂寞的旅人，三生石上一缕香魂远，思念的情怀，纵使一如既往广阔而汹涌，我一生浪漫仍是富可敌国，一再任你渐行渐远如唐时风宋时柳，曾经美丽的邂逅，何须泪，堪尽一生浪漫，为谁无语。

有一种静默其实蕴藏着千般爱恋，有一种浪漫其实就是惊天告白，记忆的云烟，蛰伏在起伏不平的情天恨海，小桥流水，古道西风，斜阳立尽断鸿，怎及我这一生，对你浪漫的一声声喟叹？

# 女人四十

世上最美的文字是诗，诗里诵着露浓花瘦，薄汗轻衣透的女人歌，歌里唱着摇曳在红尘的女人花，花里氤氲着最是那回眸一笑，万般风情绕眉梢的女人美。

女人美，做女人幸，做就做个幸而美的女人。女人四十，孩子大了，青春走了，岁月也随之沉寂，情怀渐觉成衰晚，鸾镜朱颜惊暗换。所以，女人四十要爱美，这个美不是穿金戴银的美，穿金戴银或许贵气，却忒地俗气，衣饰讲究的不仅有品还要味，淡扫翠眉，薄施粉黛，一袭蛮腰曳地裙，一款修身齐膝衣，卖个妩媚老，扮个娇俏嫩，走到哪都是一道靓丽的风景。

韶华渐行，青春渐隐，女人四十还要善于爱美，留不住姹紫嫣红，就做个有气质的女人。自立，自尊，淡定，优雅，有着从容的自信，透着雍容的气质，叫人不悦目也赏心，即便做不了女人精品成不了女人极品，也永远淡雅着动人心弦的女人味。

女人要爱美,要善于爱美,就爱书吧。生活亦无奈,我们只是饮食男女,在喧嚣汲汲的俗世,弥漫的是喜新厌旧的世俗,想要君路边的野花不要采,就用书来武装我们。男人爱着书里颜如玉,我们就爱书变成颜如玉。腹有诗书气自华,爱书的女人淡定睿智,幽幽眼眸里有迷人的智慧,举手投足间有诗意的灵动。有了书的浸润,女人宛若古典的花,素雅得有点小美,懂点小爱,调点小情,识点小趣,谈笑间强虏灰飞烟灭,高雅的玲珑开在时光深处。

女人四十,以秋水为姿,以诗心为美,好好爱书,好好爱自己。

## 凌波微步心成尘

月朗星稀的夜晚,我漫步在小城的湖畔。

夏天的夜,这时候最是宜人,凉风习习,路边的花香微微,三三两两纳凉的人,几个顽童追着那忽闪忽闪的萤火虫,远处有阑珊的灯火,湖中缀满天上的繁星,清凌凌的水映照着天卷残云,漏传高阁,数点萤流花径,荡漾得天地间的一切,花非花的朦朦胧胧。

湖光、月色、夏夜、微风,梦里寻你千百度,清雅的极致中有暗香浮动!

夜,静谧得如此安详,叫我一向淡定的心,光凝月华冷,有一种隐隐的忧伤在漫无边际的飞扬,如小草横生着莫名的惆怅,茫然的思绪搅得人无所适从。走在这幽幽暗暗的小径中,任凉爽的风抚过清瘦的脸儿,紧一紧轻拂的衣裙,我把彻骨的寂寞深拢,徐徐登高,看远处的灯火辉煌,殷殷相问,那里可有我梦的霓裳?

一定有些什么,是我所不能守候的,才空叫尘念如红烛,孜孜燃着,落成寸寸的细灰;一定有些什么,是我所无能为力的,才痴让风情如流水,涓涓淌着,融成片片的轻愁;一定有些什么,是我所必须放弃的,才唯有在时间的掌中,青涩而死,却带链而歌。

是非成败转头空,今夜,如此平凡的我在广袤的星空下,渺小的如同尘埃,在寂寂的时光中,以婷婷荷的风采,层层叠叠擎起莲的芬芳。拣尽寒枝不肯栖,寂寞沙洲冷,我在孤独的极致里享受寂寞的静美,即便世界很吵生活如麻,也总叫人的心如一杯白开水,在岁月的沉淀中澄澈出另一番模样,不张扬,不华丽,淡淡的,优雅的氤氲开在这夏夜湖光阑珊的氛围里。

竹杖芒鞋轻胜马,谁怕?一蓑烟雨任平生。我在岁月的葱郁中,笑靥靥如花的寂寞,轻挽似水的流年,穿越人生的沟沟壑壑,让尘封的日子,带着瓣瓣心香,凌波涉水,在屏的一端,静静地飘舞成尘。

# 如花如梦亦如诗

人生最易流失的东西,一定是光阴,才青涩懵懂,小试新春,转眼秋天人到中年。漫回忆,往事如夕阳下轻拂的衣袖,红颜依旧,恋逝去的流年不再,眼底有湿湿的一抹雾气,在温柔的氤氲、弥漫。

　　想起那年的花季,烂漫嫣然的我,尽情遨游在书的海洋,漫卷红楼喜欲狂,在怜黛玉葬花,喜湘云撕扇时,笑眯眯地爱着,仿着林妹妹的闲静似娇花照水行动如弱柳扶风;痴看窗外的月朦胧鸟朦胧,织就那在水一方的一帘幽梦;都说少年不识愁滋味,我偏偏装模作样学着纳兰写诗清照填词;一本书,两三友,菜花香里嬉看蜂飞蝶舞;池塘边,杨柳岸,兴尽晚回校,还会轻拈兰花指,蹦蹦跳跳地低吟着西去阳关无故人的沧桑。多少柔情多少梦,点点,滴滴,都是张扬的青春,在姹紫嫣红说风流。

　　还有那些激情燃烧的的岁月,繁华的背后是不为人知的辛酸。儿子、房子、票子如魔咒般窒息了我的似水柔情。心比天高的我不抱怨、不抛弃,坚韧如磐地把个清贫的家,弄得风生水起,让平淡的日子过得活色生香。偶有闲暇,也会一个人静静地坐在角落里,听轻柔小调,看斜阳西下倦鸟归,于一室的落日清晖中,看看书翻翻报纸,把发霉的情思,放飞于世间的情天恨海,在别人的故事里,流着自己的眼泪。那些青春时朝花夕拾的浪漫情怀,那些梦寐中诗情画意般风花雪月,在生活的柴米油盐中,不知何时,零落成泥碾作尘,只有梦如故。

　　世事漫随流水,算来一梦浮生。山重水复四十载,曾经风雨兼程的日子,不思量,自难忘。守着耕耘的春色满园,看着韶华的渐行渐隐,创造着,并快乐着的我,青春无悔——感谢老天爷眷顾,四十年的尘与土,铸就我这朵铿锵玫瑰。

　　今天,我谨以感恩的心,虔诚地许一个愿:此去经年,愿我洗净尘世的铅华,褪去俗务的繁忙,返璞归真,从容地,雍容地,做个优雅如诗的女人。

## 高考送儿声声祝福

6月来了,高考的日子近了,我亲爱的儿子,你,准备好了吗?

都说是望子成龙,都想成天之骄子,高考的路上人才济济高手如云,多少莘莘学子闻鸡起舞,对着床前明月光,摩拳擦掌铸造着成功的航母。儿啊,妈妈知道,你在努力着,更在拼搏着,在这里,妈妈要对你道一声珍重:辛苦了,儿子!

你是孝顺的孩子,妈妈知道,在你的心中有一杆秤,亲情占据了你生命的全部,你不仅孝顺爸妈,更对你爹婆有一种血浓于水的眷顾,但是,妈妈不是一个崇高的人,无法做到如爱你一样地爱他们,因为文化和思想的距离,妈妈与他们无法沟通,一直以来有着亲切不亲近的代沟,不过你放心,妈妈会尽子之责,让他们安度晚年。所以你要好好学习天天向上,征服自己从而征服世界,去创造属于你的成功的平台,就是对我们最大最好的孝顺。儿子,你的懂事和孝顺让妈妈真的为你自豪,你永远是妈妈的宝贝和骄傲!

你是听话的孩子,尽管你曾经叛逆如斯,从中考的路上跌跌撞撞一路走来,高中几年,你洗净了心灵的浮躁,焕发了青春的朝气,早已不是那个离经叛道叫妈妈头疼的儿子,现如今的你阳光帅气,知进退通人情更体贴大人,哪怕是你不愿意的,你也听着妈妈的意见听从妈妈的安排。可是,在这个决战的关键时刻,妈妈不希望你心里背负太多的情债,有着太多的顾虑,你要放下包袱，轻装上阵，这样才能站得更高飞得更远。

你是坚强的孩子，在你的字典里没有屈服，你认为，人的命运掌握在自己的手中，成功的路有千万条，总有一条属于你。你的坚强你的自信，你的能言善辩都叫妈妈很欣慰，让妈妈对你的未来充满信心。儿子啊，你的未来不是梦，请认真地把握每一分钟，现在已经不是学习知识的时候，你要调整心态冷静思索，用"吾将上下而求索"的精神，学会如何不出错尽量少出错，把握机会铸造辉煌！

高考近了，时间亦从指间悄然溜走，"路漫漫其修远兮"，在你备战高考时，妈妈送给你声声祝福，祝福你学海无涯心想事成，祝愿你考场顺利金榜题名！

人生能有几回博，儿子，此时不博，更待何时？

## 心情如莲

常常在傍晚的熏熏微风中，我袅袅独行，缓慢、怡然、气定神闲！

我喜欢在浅行慢走中，看西天缤纷的彩霞，看空中弥漫的烟云，看眼前游走的人群，看身边飘飞的车辆欣然着，感动着，沉醉着，在小我的世界里莞然轻笑，觉得生命与我真是慷慨，可以健康地生活，可以自由地呼吸，可以随意地遐想。每天沐浴着阳光聆听着风雨，在忙碌或清闲的时光里或张扬或踌躇或茫然，或许还有点些许莫名的忧伤后，只要在这暮色中走着走着，就可以把心情调上快乐的频道,一切淡然如莲,芬芳如莲,诗意如莲。

总会遇到散步的朋友问我,怎么总一个人走,还走得如此缓慢?更有朋友戏言,这样的我这样走在黄昏会很危险,我知道朋友是由衷的和善意的,心底很是感谢,真诚地感谢身边那些关心我的朋友,因为你们的关心,我散步的心情会更加愉悦。

是的,我极喜欢一个人走在暮色里,走在清风中,无拘无束又自由自在,感风吟月多少事,人的一生本来就有着太多的悲欢离合,有太多的坎坷曲折,更需要我们淡泊以明志宁静而致远。幸福是什么,幸福就是平平淡淡的岁月静好生命如歌。我在缓缓的散步中,让平淡的生活,浮躁的心情趋于平静和宁静,在漫无边际的夜色里,快乐地享受着孤独的芬芳和寂寞的美丽。

这是一种生活的态度,柴米的生活已很无奈,我们亦都平常,在人生的风雨中谁不是艰难前行,但心情是自己的,健康是自己的,快乐也是自己的,我在暮色里随意地散步,诗意地生活,没有矫揉造作的情,简单,坦然,只用自在张扬的心,蜿蜒、曲折、悠然地书写着人生的春花之灿烂秋叶之静美。

傍晚散步,傍晚的一个人散步,自在、快乐、美好,遐想如诗,心情如莲。

# 犹记那年桃花开

## 1

认识他时,她14岁,正是懵懵懂懂的年纪,一派少年强说愁的天真烂漫。

彼时正读初二,他们同班,课桌隔排而坐。他年长几岁,刚转校过来复读,模样生得周正,数学成绩比较好。她娇小玲珑爱看小说,若借得一本琼瑶书,会迫不及待一晚上点着蜡烛看完,上课总是漫不经心,课本下常常压着闲书偷看,很少专心听课,但成绩蛮好,尤其是语文和英语,作文经常被老师评为范文,在教室里公开朗读。

他来自农村,土生土长的农家小子,她是商品粮户口,打小娇生惯养,一说话就爱脸红,清纯得像一朵含苞的栀子花。

按说,他和她,八竿子打不到一起。

故事的开始是另一个女同学总是无聊乱点鸳鸯谱,说班上谁和谁在谈情说爱,天天在她的耳边夸奖他,一些从未听说的新鲜词,让她时不时偷偷注视一下他。

某天晚自习,她在低头做作业。后排的他撞了她一下,脸色通红,递给她一个作文簿,是她自己的作文,他刚刚读过,说很喜欢。她随意接过本子,随手翻了翻,突然发现有个小纸条,上面没有说什么,但亲昵的称呼,一瞬间让她脸热心跳不知所措。

接下来,他常常有事无事和她聊天,帮她解答一些数理化难题,慢慢地,她对他潜意识里有些小小的不一样的感觉。

次年三月,校园后山的桃花开得一片绚烂。午后的阳光下,她行走在那片桃林中,桃红朵朵,春风微微,人面桃花相映红,说不尽的陶醉,她忍不住折下一支桃枝,嗅着笑着,蹦蹦跳跳欢喜得像个孩子。远远的他慢慢走过来,微笑着送给她一个桃红色的笔记本,扉页上赫然写着:我这个人,是忠诚制造的,即使破了,碎了,我片片是忠诚。

青春的驿动总是不可思议,犹记那年桃花开,一句简单的"即使破了,碎了,我片片是忠诚",让15岁的她突然怦然心动,在小小年纪来不及懂什么的时候,如一朵羞红的桃花,惘惘然让他牵了她的手。

初中毕业后,他辍学回家务农。她因为成绩下滑,只能进入一所普通高中,继续求学。

## 2

刚进入高中那会子,她选读了理科,开始两耳不闻窗外事,每天独来独往潜心学习。期中考试时,成绩一跃而上,连初中时让她最为头疼的数理化,很多题目越做越有兴趣,分数一下子提高了很多,加上原本文科就好,颇得几位老师青睐。

半年后,一个没有月亮的夜晚,他找了来,一切,开始了不由自主的沦陷。

一个城市户口,一个种田打土,在那个城乡差别相当悬殊的年代,是天方夜谭匪夷所思完全不可能的,何况她还那么小,还没有参加工作。

家里人强烈反对,采取一切可以动用的手段,软硬兼施,她不听,一意孤行以死相逼。

勉强读着高中,来不及参加高考,她就死心塌地和他在一起。18岁那年,花一样芳芳的年纪,她抛弃前途抛弃家人,不计后果下嫁于他。

家徒四壁。结婚第二天,她仍然穿着头天的嫁衣,自家一个婶妈提醒她该换一件新衣了,她害羞地笑笑,没有言语。还是小姑懂事,骑车到小镇为她买来一件廉价单衣,让她不至于穿着嫁衣回门。

婚后,她在一个小学临时代课,每天日出而作日落而息,单纯、自在。

三年来,她育有二子,渐渐学会了洗衣做饭,养鸡喂猪,忙时还下地,也学会了插秧、锄草等一些手饰活,知道麦子和韭菜的区别,懂得怎样扯稗子,最怕肉乎乎的蚂蟥。

长子出生时,时值寒冬腊月,她母亲一大早挑了满满两水桶的"喜头鱼",翻山越岭,步行几十里送来她家,说是为她发奶怕孙子饿着,那么远的山路,那么重的水桶,她看着汗津津的母亲,乐呵呵逗着孙子,不知道说些什么;小儿子满月后,有天母亲来探视,她慌慌忙忙房前屋后找柴烧,被母亲逮到后老泪涕流,二话不说,第二天就叫一个手扶拖拉机满满送来一车煤球……养儿方知父母恩啊,经年后每每想起这些,她都忍不住泪眼婆娑,心口作疼,深感愧对老母亲。

那时,相信心中有爱,她从来没有觉着苦,每天笑微微,简单得像一枝向日葵,不知疲倦地朝着阳光生活。

日子清贫并不可怕。要命的是,他染上了赌博恶习,只要有牌打,可以通宵达旦几天不回家。

看着两个嗷嗷待哺的宝贝,她知道,日子再也不能这样过。

　　正好那年暑假国家在进行城镇待业青年招工招生,她是城镇户口,虽已婚,但户口还在娘家母亲名下,仍然是待业青年,属于正式招考对象,母亲赶紧替她报名参加了一所省中专的考试,凭着过硬的文化功底,她一帆风顺考上了。

　　命运终于对她再次展开了笑颜,那一年,她21岁,两个孩子的母亲,乘上了国家计划经济的末班车,再次走进了大学学堂,幸运成为一名国家负责分工负责生活费的在校生。

　　上学后,她看上去仍然清纯得像个孩子。在校几年,当同学们忙于花前月下,她不断读书写字,成为校广播室特邀通讯员,每天晚饭后的黄金时间,夕阳西下,舒畅的音乐声里,一准在广播着她的心情随笔;寂静的周末,她学会了织毛衣,给儿子,给侄子织各种各样图案的毛衣,外甥过十岁生日时,她送来亲手织的五套毛衣,美轮美奂,让满湾人啧啧称赞。

　　那一段岁月,是一段她此生最为充实最为惬意最为丰盈的好时光。

　　毕业后分工回到小城,她顺利成为一名国家公务员。首当其冲第一要务,她把他和俩儿子接了出来,开始上班,开始租房子,开始带孩子,开始一步步走着艰难人生路。

　　最初租房子,贪便宜租住在西边乡,矮矮的两间土房,潮湿阴暗,一天到黑见不到阳光。她简单收拾后,一间做厨房,一间放了两张床,一家四口,总算有了一个避风挡雨的窝。

　　每天接送孩子上幼儿园,买菜做饭,好在是行政班,不需要8

小时硬坐,她可以悠闲穿行于家和单位之间。

她以为,生活从此峰回路转柳暗花明,曾经的倾城相许,可以一辈子和他执手,不负春光,不负流年,不负这姹紫嫣红的丰饶红尘。她以为,这才是人间最刻骨的爱情,最浪漫的相守。

可是,她忘了想一想,结婚几年来,他和她之间,还有一点点爱情的影子吗?

他的赌性并没有多少好转,往往她千方百计借来钱给他做生意,几天不见人影,回来后半个子儿不剩,还带一屁股新债。

4

西边乡偏僻,七弯八拐的小巷,半天都碰不到一个人,经常有小偷光顾。

有天下午,大概四点钟的样子,她从幼儿园接俩儿子回来,大儿子在前面跑,她牵着小儿子软乎乎的小手,咿咿呀呀学着童言逗弄儿子,说笑间,大儿子早到了家门口,忽然从家里跑出来一个年轻人,用衣服遮住头,撞歪了大儿子,匆匆忙忙从她身边跑开。扶起大儿子之后,她才猛然意识是小偷,不由吓得浑身打颤,赶快回家插上门,半天心还怦怦跳,不知如何是好。

得赶紧换岔。第二天,她就另外联系了一家临街的小楼房,虽说钱贵了些,面积更小,只有一间房,厨房必须在走廊过道里,但很安全。

一年的上班见习期过了,她终于能领到正式工资,一个月有500块钱左右,还有年终奖,成为了国家正式职工。

孩子该上小学了。那时的县政府设在地质六,所以那的学校教育质量好,环境也不错,老师很负责。

她决定举家搬到地质六。托人找了一个一套二的楼房套间，卧室是卧室，厨房是厨房，有小小的客厅，单独的阳台，楼下还有葡萄架。阳台朝南，早早晚晚有阳光，冬天可以闲适晒个太阳，夏天的夜晚，坐在阳台上吹吹风，蛮惬意。

　　终于有了一个像模像样的家，尽管是租来的，她还是兴高采烈满心欢畅搬过来。

　　这一住就是五年。

　　而他，依旧像个浮萍，到处飘，一事无成也不操啥心。

　　单位一直没有建房。小城开始修建新城区时，几个同事邀约着一起到新街做私房，她心动了，和他商量，他冷冷一句：做梦。

　　她便不再管他，自顾自开始筹措资金，这个借几百，那个借几千，卖了老家的平台屋，她母亲也施以援手，解决了大部分款项，加上两方姊妹相助，1998年冬月，新房终于如期落成。

　　新房典礼时，姐妹间谈及要把孩子转学到县实验小学，离家又近。顺便问他，俩儿子读几年级了，好去联系班主任。他搔搔头，想了半天，居然想不起来，自己的孩子在读几年级。

　　他把目光望向她，寻求答案。她扭头望向门外，使劲仰着头，眯住眼，不让泪水掉下来。

　　只有她晓得，那一年大儿子读小学四年级，小儿子读小学三年级，每学期开学必须缴纳学费1200元。黯然想一想，婚后十年，她像鸵鸟一样，一直默默付出默默承受默默坚守，情愿被他尘缘误，情愿被他情耽搁，相信所谓的山无棱，天地合，却原来，是含笑饮毒酒。

　　孩子是希望，为了他们能够健康成长，再怎么样，日子还是要一天天地慢慢过。只是从此，无法预料的生活出现了大大的拐弯，人生驶上单车道，她在前，他在后，咫尺天涯，最近的他成为她最远的距离……

悠悠岁月,漂白了那年桃花艳,终究啊,还是要尘归尘,土归土,花开是缘,叶落乃命。

# 说说陪读

一年一度的高考谢师宴,不论榜上有名无名,即将摩拳擦掌,如三伏天的高温,热火朝天登场。

十年磨一剑。我的身边不乏同学同事朋友的孩子参加高考,高考结束和放榜的那几日,我拿着电话一一致以问候。挤过高考这座独木桥,正所谓几家欢喜几家愁,发挥正常考得好的孩子,家长乐翻天,呵呵大笑的声音,透过手机震得耳膜嗡嗡叫,快乐不由自主传染电话这边的我。遇上本来寄予厚望最后又名落孙山的,家长接到好心询问的电话,有气无力,透心地烦。对于怕人相问愁人相问的心,无异是一种软折磨,除了安慰和沉默,此时我知道,说什么都已无济于事。好在如今的大学,门槛不是特别高,读不了一本,读二本,读三本,再不济还有个高职高专,只要想读,条条大路通罗马。

一场高考的盛宴正在酝酿着喷薄而出,另一场高考冲刺的暗流,早已汹涌。

日前,我家楼上新租住一位学子,高高的个子,帅气、寡言,极腼腆,一看就是读书的好儿郎。据其母亲说这次高考分数在二本线上,孩子不想走,志在一本再拼搏一年。是啊,人生难得几回搏？相对于一生，一年很短，短到弹指间，眨个眼就过去了，但一年又很长，365个日日夜夜，磨刀霍霍，面对很多可预和不可预的变数……破釜沉舟，百二秦关终属楚，唯有祝福他，祝福所有高四生，相信心中有梦，脚下有路！

时下的孩子，家庭条件或贫或富，都一样是父母的心头肉，宝贝得很。家处一中重点学府旁，10多年我目睹着陪读队伍从无到有，从稀稀落落到雨后春笋庞然浩大成千军万马。陪读的家长，大多为来自乡镇赋闲在家的女人们，男人们或在外做点生意，或是泥巴匠，从事最艰苦的体力劳动，辛辛苦苦抹灰每年挣个三五八万，一门心思望子成龙望女成凤好出人头地。俗话说有人的地方就有江湖，有江湖的地方就有市场，陪读队伍如过江之鲫，来来去去此起彼伏，带动附近民房租价一股风的见天长，成全了方圆几里长街短巷的麻将场和舞场。

为了陪读，在学校附近暂且找一个住处，不在面积有多大，能单独有厨房，有卫生间，还有小小一间卧室，放得下一桌二床，简单带来单薄的行李，顺便买点锅碗瓢盆，母子（女）两人开始漫长的读和陪读生活。那么，是不是有个人朝夕相伴来陪着孩子读书，一切就OK？

曾有一对在乡镇工作的夫妻，专程来我这租房子照顾孩子，夫妻打牌成瘾，丈夫早出晚归，基本看不到人影，妻子每天中午做好饭，忙忙到麻将馆坐阵，结果，孩子和他们一样作息极有规定，按时出门按时回，不过上的不是学校，而是网吧。还有一个陪读家长，她倒是不怎么打牌，围着孩子洗衣做饭，满足孩子一切愿望，还常常夸奖孩子学习真勤奋，每天天不亮就上学，中午也不休息，学习抓得紧。直到有天中午，我无意瞧见她的孩子出门后，走的方向与学校背道而驰，提醒她留个心眼跟踪下，结果果不其然，孩子天不亮就走，又不午休，为的是争分夺秒提前去上网，然后到点再上学。还有一例，孩子本是千辛万苦考上了一中，妈妈自是屁颠屁颠跟来照顾，起初孩子学习劲头蛮大，进入高二后成绩像坐了滑滑梯一落千丈，于是，妈妈开始嚼七嚼八，动不动就说什么花这么大的代价来读书，一年用好几万，不中就趁早拉倒之类的话，她的本意是激励孩子发愤，不承想天天叨唠，孩子自卑感特别严重，拒绝和同学交流，有时候看到几个同学闲聊，会立马怀疑是一定在说他坏话，连书都不愿意读也无法读，最后万般无奈只好草草收兵退学……

按说孩子上学去了，空对着大把大把空白的时间，家长去打个小牌，跳个小舞，原本无可厚非。须知现在的孩子，聪明、任性而脆弱，养尊处优的生活，乍暖还寒的心态，似成熟未成熟的是非观，分分钟的思想和行为，很容易从一个极端走向另一个极端。家长不能忘了来陪读的目的，不要以为全心全意照顾好TA的饮食起居，一切全指望着老师就万事大吉，毕竟，课内课外，我们的孩子，需要的是朋友，不是保姆。

很多时候，我在街上看到急匆匆的父亲，从网吧逮到本应正在上课却在上网的孩子，愤怒的拳脚，毫不留情踢打在和父亲一样高的孩子身上，看着父子间的悍然对峙，着实叫人无语。多少回我步月归来，经常在街上看到一些半拉子小男孩，个头都还冒得一人长，三五成群勾肩搭背，手中的烟在夜色里一闪一闪，相当刺眼，不知他们的父母都在做什么？更有甚者，是触目惊心的连环跳楼事件，一时众说纷纭，说什么的都有。残酷的高考，来不及把那些花季少男少女铸成职场英雄，却让他们毅然决然走上了末路。孩子悲观厌世不是一朝一夕，本着对生命的尊重，与其怨声载道，不如退而结网，仔细审视那些花一样的生命为什么会如此脆弱，防微杜渐及时疏通，不再让新的悲剧从身边再度发生，是为当务之急。

所以，陪读的家长，懂不懂孩子的功课不要紧，一定要懂自己孩子在想什么，在做什么。

一个时代的应试教育，大抵都是依靠死记硬背达成考试的目的性和功利性，不让孩子输在起跑线上，片面追求升学人数和分数，忽略了孩子的心理教育和素质教育，无论形而上还是形而下的各类考试命题，譬如"梯子不用时请横着放"，究竟有没有真正治国安邦的探讨意义，都只关乎出题者的一厢情愿，把无数学子身家性命置身其中，导致教育单方面填鸭式的灌输和道德修养缺失双轨不平衡运行，使得高考路上险象环生，高分低能比比皆是。

孩子是祖国的未来，家长的希望，一脉相承，再怎么溺爱都不过分，穿名牌，读名校，也有很多孩子一帆风顺考上了理想的大学。那些孩子天资聪明，打小养成极好的学习习惯，家长再为TA创造极好的学习环境，一路读来基本上过关斩将金榜题名。但，智商高不等于情商高，在赞美声中长大的孩子，被父母一味娇惯，饭来张口衣来伸手，习惯了好的东西非他莫属，唯我独尊，自负而且自私，认为天下人对TA的好都是理所当然，不通孔融让梨之道，不知设身处地与人为善，这些温室里的花朵，进入大学走入社会，遇到一点点挫折，更容易损兵折将，甚至一蹶不振。

读书是辛苦活，是一代又一代人必须闻鸡起舞走过的路，书中自有颜如玉，不再成为这个时代的追求，但书中自有黄金屋，知识能够改变命运，高学历等于高薪或多或少在某些领域让人为之奋斗。漫长的求学之途，也是成长之路，家长要学会减压减负，对孩子不一味骄纵，不恣肆唠叨，不刻意强制，慢一慢追逐的

节奏,及时解读孩子的每一声叹息和某个恍惚,适时灌输身之发肤受之父母的道理,生存之道原本残酷,让孩子尽早学会感恩懂得珍惜,繁重的学习之余,不时掂量一下高考沿途的风景,进行着快乐读书之旅,不读死书,不死读书,即便拼不过富二代和官二代,那又有什么打紧?王侯将相,宁有种乎?最重要的根本,是让孩子成人,成长为能够大写一生的人。

因为,竞争激烈的高考结束,孩子们真正的人生,才刚刚开始。

适者生存,让孩子学会感恩,学会坚强!书上说着"有志者,事竟成",歌里唱着"心若在,梦就在",老话说着"可怜天下父母心",那么,陪读,就是慢慢陪着我们的孩子一起愉悦读书,快乐成才。

## 春风半染香樟绿

这天气,一天天热起来,眼见着林花谢了春红,季节的绿,浓墨重彩走向春归去。

门前的香樟树,挺直,浓郁,枝繁叶茂,散发着一阵阵香幽。抬眼望,翠翠的碧绿间,莫名其妙缀有杂碎而枯黄的叶,随风簌簌抖动,间或飘下一叶、两叶、三四叶,叫人遐想无限。试着用手围握一下,这个当初竹竿一样的苗苗,已然让我的双手无法拢握。

想起建房那会儿,尚没有这所重点学校,那时是一望无际绿油油的庄稼，兀自立着几间疏疏的农房，鸡犬相闻间，稻花香里说丰年，听取蛙声一片。也没有如今比肩接踵的小区和高楼，安静的日子里，小儿春摘桑叶养蚕玩，一到炎炎盛夏，赤溜溜猴一样爬到树杈捕小蝉，金秋送爽垄上沟里捉龙虾，北风吹时，田埂山坡放野火，那异彩纷呈的郊外，让儿子的童年过得，那是相当的健康、阳光、快乐，富有田园情趣。

流年似水，弹指一挥间，不知不觉我居家在这状元府邸的日子，业已深深浅浅跨过了年轮的十二生肖。

随着重点学校的建立，我们门前的路，统一了，栽树了，路灯亮了，来来往往，街道也日复一日熙熙攘攘热闹了。那些让儿子乐不思蜀的乐园不见了，取而代之的是钢筋和水泥砌成的堡垒。而不知从什么时候开始，陪读的队伍，也如潮流，一夜间雨后春笋般茁壮了。

最初只是少许的学子，嫌学校环境太吵，单独在外租个房间，对着床前明月光，闻鸡起舞潜心铸造人生的航母。印象最深的是周巷的一个男孩子，瘦瘦高高的，戴副深度眼镜，少言寡语，每天回来后学习至转钟，天才蒙蒙亮就上学了，分秒必争像个机器人。我常常看得心疼，总是叫婆婆天天为他烧好开水。尤为遗憾的是，如此刻苦的他，最后还是名落孙山。

逼仄的中考和高考之路，让我们的家长对孩子，投入人力财力和精力越来越多。也越来越多地剥夺了我们的孩子本应该有的天真和快乐，让他们不得不承受着心灵和学习高度紧张的双重压力。

永远记得2008年暑假发生的一件事。那一天，一个中年女子和一个花季少女来租房，小姑娘长得真是清秀水灵，扎着高高的羊尾辫，白皙的皮肤，眨着一双会说话的眼睛，白色T恤，蓝色牛仔裤,甚是温柔而可人疼。简单交谈中,得知小姑娘成绩优异,还是火箭班高三学生呢。她小嘴特甜,一口一个阿姨,叫得我心花怒放。看中房子后,说好9月份开学和妈妈一起搬来,小姑娘还记下了我的电话,挥手再三和我说拜拜,兴高采烈和她妈妈一起离开。

开学了,小姑娘没有如约而至,一早起我看到了憔悴的母亲,欲语泪先流,断断续续告诉我,放假回家后姑娘跳水自杀了……惊!呆!继而,我的心可劲可劲一味下沉,脊梁骨上冷气直冒,异常沉痛!那么灵秀、婀娜的姑娘,那么优秀、可人的学生,那样一个花骨朵一样含苞待放的女孩儿,说没了就没了?怎么可能?怎么可以?

若,时间可以静止,若,往事可以回头,若,能够预知未来,我,一定牵着她的小手,不要她走!

多么善良的母亲!在这般遭受毕生切肤之痛中,还不忘来和我说声对不起!体会着她的伤悲,竟无法安慰她的痛,我空落落的心,多么潸然!糊涂的孩子啊,是什么让你想不开,毅然放弃如花的生命?决然舍弃爱你的亲人?美丽的女孩儿,不知道你在天堂,过得好不好?是不是一样没有烦恼?漂亮宝贝啊,还记得我的电话不?设若天国里遇到什么麻烦,不要自己一个人纠结,记得和这个萍水相逢的阿姨,打个电话说说哦!

中国的教育体制,小学决定人生的起点,中学决定人生起跑的速度,大学决定孩子身份和价值。一流大学的金字招牌,决定孩子在社会的优越地位和丰厚收入。孩子一出世,就面临着这样那样的竞争和拼命,在学历文凭决定一生忧乐时,那些抢都来不及的竞争,让我们的孩子敏感而脆弱,这些,迫切需要我们家长,在生他养他教育他的同时,低下去,再低下去,去做他心灵的朋友,关注他思想的点滴变化,及时疏通和引导,才能避免孩子一时想不开,酿成终生遗憾。

想想我们当初,也是十年寒窗,除了记得语文老师读《荷塘月色》那句"这几天心里颇不宁静"的"颇"字时,那撅得老高老高老圆老圆的嘴,总是让我一想起就忍不住扑哧一笑,觉得很可爱很有趣。而高中乃至大学里学的那些知识和专业,早已杳如黄鹤一去不复返,有多少,可以在人生和现实的课堂里,能够对号入座派上用场?

一阵春风吹过,香樟树下,吹起落叶一片,似人叹息,一声声……

## 时光如简

常常喜欢独自去漫步。

一个人,一座城,我天马行空,一步步,在向晚的黄昏里,款款而行。

暮色未合。羞答答的夕阳,依旧犹抱琵琶半掩面,红彤彤,挂在西边天,暖暖的光和亮,层层尽染半边天云霞,一丝、一缕、一片片。

路灯还未亮起,三三两两,走着散步的人。

才刚下过几天雨,空气温润怡人。连雨不知春去,一晴方觉夏深,眼前一望无际一簇簇茂盛的树,深深浅浅,浓郁郁的那个绿呀,清秀、养眼、酥骨。路边的月季花,也在迎风摇曳,一朵朵,

开得姹紫嫣红。

  幽幽湖水,波上含烟翠,颤颤如抖动的缎子,轻轻泛着碎碎波光。水边的风,柔软,带点儿入骨的薄凉和狐媚,一再拂过我的耳际,掀起单薄的裙,席卷一些莫名的忧伤。着一双老北京布鞋,平跟、黑色,若飞若扬在水色离离的堤上,踩着平整的地砖,咚咚依次响着,渐行渐进,一如人纷杂的心事,行行、点点。

  水,澄明清澈;天,从容淡定。水天一色里,传递一些淡淡的孤寂,细、轻,若藤若蔓,缠在叶叶心田,让人寂静,叫人欢喜。临水凭栏,听一树一树花开的声音,我会不由自主迷离、恍惚,感觉身边的热闹渐渐隐去,一种与世隔绝的疏离,在暮色里沉寂,张扬、纯粹。

  一个人的黄昏,这路,这树,这风,这水,这闲适的时光和流年!

  只是,很多时候看似面带微笑,不染尘埃,温婉柔弱间,那些寂寞时光里我的等待,与谁可言?

  走在不见了桃红李白的季节里,免不了有点伤感。花的心藏在蕊中,那有一些说不出的痛,无法抗拒,逼仄,蜿蜒,常常出其不意在心灵深处,游走、泛滥,一任花事荼靡,终至积血成痂,随风化作一缕香。

  时光如简白驹过隙,人生有倾盖如故,有白头如新。坐在一片毛茸茸的草坪上,软柔柔翠毯般绿,嫩得叫人小心翼翼,侧耳听一听小草生长的声音,犹如生命的天籁。抬头看天,看云,看偶尔低飞的蜻蜓,划过春梦无痕。天还是那样蓝,树还是那样绿,生活还是一如往日在继续。一样的大观园,刘姥姥欢天喜地地看啥都开心,颦儿却是枕上泪共阶前雨,隔个窗儿滴到明;一样的江河,李煜问不尽许多愁,恰似一江春水向东流,东坡却是一路高歌,大江东去,浪淘尽,千古风流人物。

　　因为懂得,所以珍惜。于是,越来越喜欢黑和白的干净,删繁就简,面对生活的七零八落,以一种植物的静态,坚守自己心灵的澄碧。淡淡的,静静的,让一颗心不浮躁,不怨愤,简单地活出温柔和安宁。

　　远处谁家音乐在袅袅,风吹悠扬,琴声潺潺,缓缓飘动起赏心悦目的轻歌曼舞。站在黄昏的门槛,看黑与白交替,这样的五月,落花已作风前舞,时光静了,时光也瘦了,家乡美丽的观塘,已是亭台水榭草长莺飞,凭栏凝眸处,争看我一盏时光,三分忧伤,织就这流年,夜未央。

　　水清浅,月黄昏,这里,离自然很近,离红尘不远,留一半清醒留一半醉,一生柔情在纸上飘飞,除了简单归零,我,别无选择。

　　天那边谁的烟花璀璨,星星点亮了城市的霓虹灯,时光,如一条没有尽头的线,走向夜色阑珊……

## 十字·时光·绣

　　向来喜欢简简单单生活,上班、散步、看书、写字、爬山、旅游,过想要过的日子,一个人行走在湖光山色……对于未来,她计划很多,理想中的读万卷书不太可能,行万里路,她身轻体健尚能亲力亲为。但是,突然想学绣花,她压根从来不会什么针头线脑之事。

小城的夜晚,空气还有些许寒凉,蓝莹莹的天空,没有多少星光,时不时有燃放的烟花,惊起满眼璀璨,她步月归来,漫不经心走在回家的路上。香樟树下,忽明忽暗的路灯,映照着斑驳的树影,树影里晃出一家十字绣店,她忍不住走了进去。

店家是个时尚漂亮的美眉,长发飘飘,说话细声细气,一副小鸟依人的样子,似乎一眼就看穿她不善刺绣,建议她从简单的图案开始。她选了一幅小捧玫瑰,画面简洁流畅,绣幅不太长,女店主告知她绣的一些重点和细节,并留下电话号码,方便有不懂的地方随时联系。她一颗敏感的心,每遇见这些看似不起眼的温暖,那种细致和妥帖,会不期然地感动和被感染。

午后,难得有一米阳光,懒洋洋照在窗前,她把绣件铺在床头,像个调皮的猴子,没姿没态蹲在床前。按照女店主嘱咐,对号入座找出要用的丝线,一根根抽出,三根一起穿入针眼,但小小的线头并不听她的使唤,老在针鼻子边瞄来喵出,就是无法穿越,反倒急得她鼻子尖上沁满汗。她没有放弃,一直坚持到手酸,终于可以顺利穿针引线。

"照葫芦画瓢",上嘴皮一挨下嘴皮,舌尖一个打滚,说起来是轻飘飘的容易。一个下午,她一个格一个格地瞅,换线、换格、换姿势,一盏时光,半叶花颜,飞针走线间她低酸了头,看涩了眼,一任指尖流年,如手中细细的针脚,密密麻麻,在平心静气的春时光里,焕发着贴心的小柔软,不张扬,不浮躁,却是如此丝丝入扣。

手拿绣花针,扬起,迂回,她的动作因为渐次熟稔而轻盈如许,玫瑰的影像开始凸凹有序,明媚起来。小试身手,她发现自己原来不是很笨,忍不住有点自鸣得意,有谁知一个不小心,小小绣花针,吻上了十指尖尖,随之而来锥心的疼痛,血染的风采,她终于明白,什么是看花容易,绣花难。

原来,过日子,也如绣花,从最初两个人的选择,构图,调色,填充,编织……日积月累地绣啊绣,才构成人生一幅幅美妙画图。繁华的背后,琴棋书画诗酒花,洗米吃菜又吃茶,两个人的世界,不再单一,稍不留意一样会扎伤自己,或是彼此,生活的城堡里,没有一帆风顺,谁都会疲惫,甚至伤痕累累。

滴滴答答时钟在走,人也在走,朝夕相处,亲密相间也会牙咬着舌头,相看两不厌,从来只是爱情童话里的一厢情愿。时光的缝隙里,有悲喜,有憧憬,正是这些憧憬和悲喜,织就我们的斑斓人生。

# 我家有子已长成

家有二子,皆孝顺,潇洒倜傥,阳光帅气,不临风也玉树。

长子就读于河北医科大学临床医学,已读大三,五官端正,性情温和,典型的花样美男兼宅男。做事循规蹈矩,所以我从来不担心远在千里的儿子会走扭。可恨的是石家庄的太阳,因为纬度低,每天好像就在半空顶着脑壳照,生生把儿一个白面书生晒成了黑不溜秋的黑炭。

大儿生性节约,不喜铺张浪费,每月生活费500元就可以搞定。总是一开学我就把半年的生活费打在他的卡上,常常叮嘱他吃好穿好,儿总是一笑而过,频频点头曰:都好都好。

没有什么是一成不变的,斯文老实的大儿也有突破的时候,

这不，国庆长假，呼朋唤友结伴到南昌旅游，过家门而不入，QQ传话：5号回家，要我买好9号归校的车票。嘿嘿，连儿的面都还没有见到，我就赶忙乐颠乐颠地买好了儿返程的票，静等儿的千里归来。

大儿本性纯良，最惊小儿张扬。

小儿阳光、潇洒，天生一副多情模样，帅气里透着些许玩世不恭，走到哪都是引人注目的中心人物。从填志愿到大包小包上学，一意孤行无视我的存在，全盘皆自己搞定。

小儿一入校门，就被同学举荐老师面试选定进入了学生会，却辞去了班长和学习委员的职务。我诧异地问小儿，谁都不认识你，人家凭什么信任你选举你？小儿嘿嘿一声，貌似笑老妈太过天真愚顽，不通世事。

武汉的交通着实堪忧，小儿昨天上午九时开始买票等车（汽车），悠悠荡荡直到下午五时才真正上得车，回到家已是华灯时分。半个月的军训，让我看到小儿第一感觉就是黑了瘦了，多了几分成熟味。

等到小儿洗洗吃吃尘埃落定，细问儿在校的饮食起居，儿口若悬河讲他军训的苦，校图书室的大，同学间的趣，母子俩唧唧歪歪笑作一团，不防儿的一番话，差点惊掉了我的眼珠儿，短短23天，儿就"挥霍"了人民币1500元，手机话费300元，我的妈呀，这哪是读书，分明是读钱！

俗话说得好：一娘养九子，九子九个样。看看，一妈养的俩儿子，一个锅里吃饭，一静一动，天和地的分别。搞得我自个也常常纳闷，一个温柔，一个张扬，这都是我含着怕化了，捧着怕飞了，一样辛苦生艰苦养的儿子啊？唉，要是俩小子能中和一下，静中有动，动中含柔，呵呵，那即便不骑白马也是响当当的王子，多好!

　　纳闷归纳闷,家有俩子,一个温和帅气,将来会是一个好男人,一个张扬霸气,将来会是一个大男人,想想我一介弱女,亲手打造了一双人间顶天立地好儿郎,梦中也会偷偷笑醒,曾经的万苦千辛,早已付之一炬,人生至此,夫复何求?唯有喜甚!幸甚!

# 宝贝,生日快乐

　　九月十一日,一个阳光灿烂的日子,有柔柔的风儿轻轻拂过脸儿,明媚的阳光,若飞若扬的尘,婉转的鸟声,一个丰收的金秋季节,儿奔生娘奔死,下午一时,随着哇哇一声洪亮的啼哭,我的宝贝,如阳光一般降临。

　　那时候,宝贝好小,好丑,通红通红的脸,贼乌贼乌的发,瘦瘦的小手尖尖的,黄黄的皮肤蔫蔫的,一身的血迹斑斑,小小的双臂胡乱挥舞,兀自不管不顾地啼哭。

　　弹指一挥间,丑小子出落的人模人样,成日间呼朋唤友,出则成群入则安静,笑谈时事,淡侃风云,一副指点河山意气风发的神气模样,全然不再是那个倒提着书包走出幼儿园,回到家一本书都没有的傻小子,不再有那个看见牛也新奇非要骑在牛背上,结果摔断了锁骨的疏狂样。

　　年前整理宝贝的房间,看到了一本厚厚的日记,略略看了大概,不啻一个重磅炸弹,天啊,宝贝居然在写诗,在写小说,少年维特的烦恼,青春激情的叛逆,看得我头昏目眩,目瞪口呆:"清清雾薄薄飘绕/旭日舞过柳絮袅袅/澈底余风在风中荡起/颤落了一地思绪/绵绵细雨毛毛地湿润了空气/点点晶莹画面会浮起/又一段沁心的记忆……"

这是我的宝贝吗？我天天含着怕化了，捧着怕飞了的宝贝，脑瓜子在想什么？"这生日我还记得/世已沧海桑田唯有一情未改/冰封已久让我寂寥/想找点火苗温暖终于没有/就让思想停留在回忆深处/那儿/有河有岸还有清风和明月/浪漫静美/只闻心动不见泪流。"嘿嘿，乳臭未干的小子，花花肠子到底在多愁善感些什么呢？

还有那没有写完的自传，架构，素描居然都像模像样，人物的心理活动掌握也颇有分寸。我就是做梦也想不到，平日大大咧咧的小子，在如此繁重的高考前夕，还有这般悠闲的心事鼓捣这些莫名其妙的玩意？要早知道这样，就该叫宝贝去学文不读什么理科啊。看着儿诗如歌，不知道是该欣喜还是要恼怒，我是大张旗鼓的反对还是不动声色的观察？

原封不动放下了小子的日记，却放不下一颗忐忑的心，我更加留神小子的一举一动，也看不出什么异样，小子该吃就吃，该上学就上学，回来仍然有说有笑，高考的关键时期我知道不能说什么，揣个炸弹我都不能爆炸，宝贝，你现在可体谅为母对你爱的耐心和苦心？

现在，你已不在我的身边，正在走向成功的求学路上，曾经酸酸的惆怅。"青春的花开花谢让我疲惫但不言后悔/四季的雨落云迁叫我心醉却不堪憔悴"的宝贝，你在成长，你在成熟，你的成长在我的成长之中，你的成熟，却在我的成熟之外，宝贝，你是我的骄傲，但愿我没有扼杀你文学的天赋，祝愿你的人生从此一帆风顺，心想事成！

今天,这个九月依然阳光灿烂,空气里有醉人的思念,我的世界因为有你而更精彩,想念你,我的宝贝!生日快乐,我永远的宝贝!

## 梦回大唐爱

### (1)

雪后初霁。

路边的花坛,晶莹着一捧一捧残雪的白,阳光淡淡,有气无力,颤颤的风,削人的冷。

街上车辆喧哗,行色匆匆,商家的音箱,如火如荼唱着《爱情买卖》。

蓝色的天空,氤氲着莫名忧伤,沉寂中的孤独,在眼前翩翩跳舞,有一种寂寞的蓝,生生往心里撞,想起忍把浮名,换了浅斟低唱。

### (2)

一盏清茗,一盏雪。

沉沉暮色,空气里有着浓浓的寒意,弥漫着恬淡和安逸。

菊花台倒映明月,听着金雀钗玉搔头的故事,滴在心灵的眼泪,咸咸的,没有动人的誓言,竹瘦红尘爱,每句都值得人怀念。

是谁,在记忆的彼岸,袖着秦砖汉瓦,冷冰冰地守望?是什么,轻叹远方的梦,让爱情化成纸上一缕魂香?心的深处,伤感一瞬间,聚成了落魄的湖,流浪着经年的忧伤。窗外,淡淡的月牙儿,凝视弯弯的情怀。

爱恨两茫茫间,放牧了我一世,如花憔悴。

(3)

电视画面璀璨,音乐迷离。

李玉刚盛服艳妆,霓裳羽衣曲几番轮回为谁歌舞,爱恨就在一瞬间,唤醒回眸一笑百媚生的玉环,醉在君王怀。

一番打扮,一袭华丽,一个并不貌比潘安的男扮女装,静似花照水,动若柳扶风,美的惊艳,美的极致。开口唱来,如琴脆响,如筝雅韵,情深深,爱绵绵,婉转清丽,身儿柔,眼儿媚。

这世界,什么都可以改变。一个阳光的男人,转瞬间,千娇百媚。而那水一样风情万种的柔和媚,像缀满花瓣的杨柳风,杏花雨一样飘舞。即便是女人,试问天下能有几人同?

人若魅,歌如蛊,走进视觉的大唐,华清池无法遗忘的眷恋,我,心甘情愿,中着剑门关的情花毒。

(4)

醉里挑灯,卷起千年记忆如雪。

怕上层楼,十日九风雨,断肠片片飞红,那一年的华清池留下了太多愁。举杯对月情似天的三郎,贵为天子,呼啸在心底的至爱,终成沧桑,一骑红尘妃子笑,马嵬坡下,魂断红颜。

君不见、玉环飞燕皆尘土,尘归尘,土归土,无情最是江头柳。而越来越多的传说,却在演绎着他们的心心相印,在天愿为比翼鸟,在地愿为连理枝,兜兜转转更是一种纯粹的爱情。

纯粹就够了,有了简单而一往情深的纯粹,一切爱情的味道,便从此桃花红,春风醉。

（5）

凭谁说,十分好月,不照人圆?

天可老,地可荒,风吹仙袂飘飘举,犹似霓裳羽衣舞,当年你脉脉含情风化的皱纹,已经在我的额头发芽,蓝色的忧伤里,邀得一壶清酒浓半生,守着自己一亩三分地,暖暖的春闺,有袅袅炊烟知冷知热郎相伴,平平淡淡,简简单单,但做凡人百来年,直到我的生命,点亮黎明最后的眼睛。

独立小桥风满袖,马嵬坡下一眼万年,千年后的沧桑,如锤,敲得流年碎,惆怅,无边无际。

梦回大唐爱,休更叹,旧时清境,而今华发。

# 搁　浅

天好像被谁打破,这几天尽在淅淅沥沥地下,湿得人心里结了一层层蜘蛛网,疏疏的,腻腻的,缠得人醒也无聊睡也无聊,在寂寂的时光中,若有若无地沾着那些想忘又不能忘的滴滴点点,

丝一样扯起枝枝蔓蔓，如尘，如烟，弥散在脑海，滋生着莫名的忧伤。

这样的雨夜，空气有些薄凉，四处安静，偶尔传来远处汽车一两声笛响，让人心情无端郁郁，而寂寞无形，渐行渐近犹如一柄无情剑，把潮湿的心情挑拨得支离破碎，黑漆漆的夜里，散落一地无从提起，更无人聆听。

这时候，就会有一种思绪不期而至，凌乱，虚幻，只言片语，张牙舞爪的蠢蠢欲动。我按捺不住游走的冲动告诉自己，与其善感多愁茫然思量，不如写些文字，哪怕是记录一些家长里短的琐碎，一点风花雪月的心情，用文字驱除寂寞，给心一个释放的小出口，让久违的情感去字里行间放一个风。

敲打着键盘，混乱的思绪却恼人地飞来掠去，不肯在心灵深处驻留，有些不能说，有些不想说，剩下的一切好像只是自圆其说，落花已作风前舞，终究还是逃不过心的荒凉一片。所以于我，总是欲说还休，不愿轻易去诉说和泄露，更多的时候只是无奈地随波放逐。

可是今夜，今天的这个雨夜，你清瘦挺拔的身影，固执地在窗外的雨里徘徊，一声声诉说着亘古的忧伤，如夜雨滴落，松影摇曳，温柔如同叹息般吹下了一帘帘新愁，轻溅一池清水，没有进退没有深浅的落寞，没有方向没有回旋的悲哀，惊起我沉寂的心，落寞的夜里满怀无助聆听一枕无眠。

我知道，此刻的你，一定又酒入愁肠，在烟花般的岁月，任思念氤氲着纯洁的光芒，辗转细雨如织的惆怅，执手海深山沉誓言，磐石一样地等待着；我知道，只要我轻颔首，你会涉起前生水，淌过今生梦，千里翩翩来赴我的心灵之约，传递梦和爱的丝语。

只是，我总在伶仃的红颜里惶恐，承载着缤纷如落花的叹息，一天天，一月月，万水千山你是我可亲不能爱的人，默然回眸时早已擦肩而过，我水流花瘦搁浅这份爱，任凭你的等待刻入相思深处，蜿蜒情思与青天不老，共清月长辉。

搁浅，也是一种爱，也是一种大爱。相识是缘，相知是缘，人一辈子最奢侈的幸福，不是你深深爱我，而是你懂我深深。

## 家书抵万金

暖冬的阳光，温温的，如同人间四月天。

宽敞的沙发上，哥在抽烟，姐在垂泪，有一种沉沉的寒意，流淌在他们眼底，驻扎着心灵的天寒地冻，料峭着无法言说的失落，苍凉满地。

这一切，因为你！

从小到大，你是聪明的，你是优秀的，你更是卓尔不群的。读名校，穿名牌，做着作家的名人梦，写着科幻的名小说，你的成长，你的成就，让你的爸妈为你自豪，也让所有的亲朋好友为你骄傲！

依稀想起当年我的大姐，你的母亲，一个简单而善良的女人，因为体质差易小产，在你一上身，就只能卧床不动，盼星星盼月亮的怀揣着美丽的渴望，生命的坚持，怀胎十月，历尽千辛万苦，你才含着金钥匙呱呱落地……

依稀想起我的姐夫，你的父亲，一个儒雅而满腹经纶的学

者,兴奋地给你起了一个看似简单实则深远的名字,集万千宠爱于一身寄希望与你,愿驰骋天下独步第一……

依稀想起幼小的你那一年,站在学校的家门前,看到风尘仆仆而来的妈妈,你高兴地喊着:妈妈,快回,你的妈妈来了!童稚的声音,搞笑的言语,响了经年,至今仍在我的耳畔回荡……

你是多么的幸运,有一个温馨的家,让你一来到人世就过着锦衣玉食的生活;你是多么的幸福,有一个良好的教育环境,让你触目可及都是优雅的文化氛围;你是多么的优秀,一路攻城略地,意气风发,考上了多少人艳羡的武汉大学!

那时,你的金榜题名,多少人为你欢呼,多少人为你骄傲,你年迈的奶奶,远乡的伯叔,辛苦的爸妈,还有我们这些亲人,都在恭贺,自豪,热烈庆祝你的更上一层楼!

弹指一挥间,流年似水,你的指尖,烟花一梦,跌碎了我们期望满怀。

90后的你,能用你的文字创造着科幻小说,并在网络上成型流传,是一件何其意外而惊喜的事,我们喜欢,我们支持,我们更羡慕。不得不由衷地说,你,果然,天生好样的!

只是,写作和读书并不矛盾,甚至是相得益彰。还有一年,你就可以大学毕业,侄儿啊,为什么要在这样关键的时刻,为了你所谓的写作,放弃能肯定你人生的第一张名片?放弃多少人梦寐以求的武大一本文凭?

这个决定,残酷的惊天动地!你淡淡地归来,举目哗然,谁的眼泪在飞?

人的一生,能够爱好文学,心灵里永远是温暖的,把文学当成一种事业,无疑是愉悦而艰辛的。路漫漫其修远兮,写作也不是一朝一夕,既要看你的悟性,还要看你的造化,多少人穷其一生在写而终究碌碌无为？年少的你,可以读万卷书行万里路,什么时候都可以创作,而武大的毕业证,不会等你,过了这个村没有这个店,你漠视它的辉煌,它就无视你的存在。

没有人怀疑你的能力,你从来都是出类拔萃。一个写作的人,首先是一个温情的人,有耐心,有苦心,还要有爱心,这样才能在写作的过程中,笔下的文字,予别人是云朵一样的轻松,予自己是湖泊一样的宁静。你的科幻我不懂,但你不能一辈子科幻吧？

爸妈老了。人生七十古来稀,二十岁的你,还有50年可以写作,都说羊有跪乳之恩,鸦有反哺之情,你用你50年写作的五十分之一,仅仅一年时间,好好学习乖乖拿文凭,来表达爱你老爸老妈的心意,权当是一点点安慰,不至于那么难吧？又有什么不可以？

我知道,你也是孝顺的孩子,你执着你的追求,你的字典里更没有背弃,纵使是两耳不闻窗外事,立志忍把浮名,换了浅斟低唱。但生活不是寓言故事,有很多的事情需要我们不可为而为之,包括你的写作,包括你的读书。

好好爱自己,好好爱你的爸妈！他们是你人生的航标,更是你心灵的港湾！

## 天上掉下个林妹妹

又是一夜风雨紧,这夏天,太悲情,老是在心的窗外淅淅沥沥沥,霉发着百无聊赖。遥控器的逡巡,看到了梦寐的红楼,我迫不及待的观看,先是目瞪口呆,继而瞠目结舌。

一直以来我是一个不问世俗的淡定女人,怕走在路上踩死了孱弱的蚂蚁,怕北风吹过皑皑白雪砸破锦绣的脑壳,今夜,我栏杆拍遍,怒发冲冠

二十年前我爱看悲金悼玉红楼梦,醉心赏过87版的红楼梦,这回子看新红楼,且不说道具、布景、人物、对白、情节、配乐等方方面面,这自有红学家来评判,也不想对演员过多批判,更不愿对导演和剧组妄自臆断,单说说林黛玉、薛宝钗的扮相演绎,如何时尚的颠覆了经典。

书中黛玉"两弯似蹙非蹙笼烟眉,一双似喜非喜含情目,泪光点点,娇喘微微,闲静时如姣花照水,行动处似弱柳扶风",剧中的"黛玉"却鼓着一双鱼泡眼,擎着水桶腰,静没花照水,动无柳扶风,拿什么来诠释滴不尽相思血泪抛红豆,睡不稳纱窗风雨黄昏后的颦儿那花谢花飞飞满天,红消香断有谁怜?

书中说宝钗"原生的肌肤丰泽,雪白的胳膊,脸若银盆,眼同水杏,唇不点而含丹,眉不画而横翠,比黛玉另具一种妩媚风流",剧中"宝钗"却平平的脸平平的身材,甚至比剧中"黛玉"还瘦,站在那比她丫鬟莺儿还丫鬟,叫人啼笑皆非。

本该钗肥黛瘦,让我们看见时不敢出气儿,怕气儿大了,吹倒了林妹妹,气儿暖了,吹化了宝姐姐,有着仪态万方惊世骇俗的气质美,竟在全国海选出了这样两个活宝,论貌无貌,取才无才,就连我邻家小妹也比她们漂亮百倍,是国无美女还是女国无美,谁信?

博大精深的红楼梦,是对人生的俯瞰和解剖,横亘着实实在在、不可逆转的变换,而黛钗有血有肉,有声有色,具有鲜明的个

性不可磨灭,为什么要在今天遭受如此残酷的掠夺?为什么要让我们90后的希望,阴霾在一片花柳繁华地温柔富贵乡?

窗外雨声滴滴搭搭,抽泣泣诉说着陈晓旭的悲凉,一朝春尽红颜老,花落人亡两不知!奈何天,伤怀日,寂寥时,想念晓旭,怀念晓旭,荷着花锄的颦儿,在风雨中飘摇,一声声如歌如泣着远古的忧伤,誓言铮铮立尽未若锦囊收艳骨,一杯净土掩风流!

玩转时尚风的人们啊,玩什么别玩国粹,动什么莫动经典,天上掉下林妹妹,砸的是举国人心碎,惊的是划时代无典,悼红轩里曹雪芹,怎甘心他"批阅十载,增删五次",在朗朗乾坤里血淋淋被凌迟被屠宰?

红楼教会我们体察人生,积淀人生,理解人生,从自我伤逝的筋斗里翻出来,超升悲天怜人的精神境界,警醒人们的良知,启迪我们的思索,是我们子孙万代的千秋精神,是中华文化厚积的珍品。

无论何时,无论何地,红楼是国人的,更是世界的。

## 惑

静静的夜,一弯新月洒着一地淡淡的忧伤,QQ里犹有温柔的歌儿浅浅轻声唱。我站在黑白键盘上,翻看着诉说千年的爱情海里离合悲欢,读不懂,山南水北一曲曲情殇。

凭谁说爱情里都是女人痴情男人薄幸,琴书相和时又婉转到另外的相思鱼水里?就为了那缠绵心底的爱,一袭华美裹着的

绝色才女张爱玲,一生情却憔悴漂泊在那遥远的异国他乡;才一别之后,两地相思里,又遇夫君司马相如起休意,卓文君百般怨,千般念,万般无奈把郎怨,素袖临风空有八月中秋月圆人不圆的心酸和惆怅。也还有那辛苦最怜天上月,一夕如环,夕夕都成玦的纳兰容若,夜寒惊被薄,泪与灯花落时,生生不息的衰杨叶尽丝难尽,痴痴念着千里之外阴阳两隔的美卢娘。

凭谁说婚姻是对等的选择,是宝玉就要你金锁来匹配?沈园里桃花落,一怀愁绪,几年离索,更可恨山盟虽在,锦书难托,徒然一声人空瘦,泪痕红浥鲛绡透。即便是生在温柔富贵乡的宝哥哥,还不是空对着山中高士晶莹雪,终不忘世外仙姝寂寞林,留下了兰桂齐芳,茫茫白雪里与老父遥遥一拜,和颦儿玩笑时一句"你死了,我做和尚"的戏言,竟真的飘然成了千古绝唱。

喧嚣的世界浮华漫漫,穷其一生用奢华雕塑的情感,钱权鼓满的围城里多少硝烟弥漫,祈盼着为夫封王为子封侯,到头来却拾不起心底破碎的狼藉一片,最后总会在某个黯然的午夜,经年寂寥的心撕咬着锥心的痛,难忘的永远是当年简单的纯粹的爱,谓然长叹的还是悔不当初,凄凄做着一切重来的来世梦。

爱情是什么?婚姻是什么?爱情其实是心灵里最原始的情愫,婚姻本来就是简简单单爱的归宿,不需粉饰,无关金钱,茫茫人世间,我只要你,布衣布鞋布心布情怀,就着豆大的灯光,在我暖暖的春闺里,不离不弃,做我知冷知热的袅袅炊烟田园郎。

只要有真爱,哭着坐坐宝马,还是笑着骑骑自行车,浪漫一生又何妨?简单纯洁的情感世界里,闹哄哄的你方唱罢我登场。问世间情为何物,竟叫人如药穿肠,在一片片买椟还珠声中,今宵梦醒何处,杨柳岸晓风残月!

# 秋　凉

　　雨，细细碎碎的下，没有丁点儿的声响，寂寂飘飞在茫茫天际，织成一张漫无边际滑腻腻的蜘蛛网，柔若无骨，飘渺无声，更兼着连天衰草，飘落了一片片树叶，飘湿了一叶叶心田。

　　一场秋雨一场寒，我坐在雨夜的电脑前，漫不经心敲打着键盘，指尖直达心底的微凉。看着窗前丝丝飘飞的秋雨，有一种落寞弥漫，有一种幽思张扬，窗外，秋天的忧伤妩媚的向我翩翩靠拢，频频召唤。

　　说好不忧愁，偏偏就爱春恨秋悲皆自惹，秋雨淘尽生活的浮躁，随风吹染岁月的忧伤。悠悠华年，曾经的过往轰轰烈烈，为家贤良为子繁忙，小女人的坚强坚持和坚决，不经意酿造生活如酒一样醇烈，芳香了亲人麻醉了自己。生活对我实在慷慨，赞美的言辞我早已不在意，褪去外在的繁华，寂寞总是一路高歌，沉醉人生圆满，不知今宵归宿。

　　秋夜，寂寞无处不在，丝丝缠绕刻刻相伴，等闲离别易销魂，思念，被天南地北分割的支离破碎，欢声笑语的家没有了往日的热闹，一窗秋雨一室薄凉，念去去千里烟波，沉沉梦阔，人空落落的无所依傍，寂寞张扬在秋雨秋夜，雨涟涟，泪涟涟，人亦涟涟，对闲窗畔抱风独吟，心路阡陌，怎一个"跋"字了得？

　　这秋天的季节，我已走在人生的秋天，霜染的不只是季节还有岁月，没有了相夫教子的笃笃信念，不用忙忙碌碌的洗衣做饭,大把大把的时间,大片大片的空白,一任思念飘飞在海角天边,寂寞写满心的角角落落,退下岁月雕刻的坚强,我竟扶不起自己满怀狼籍的脆弱,夕阳西下夜雨缠绵,忍不住常常扪心自问,秋卸红妆,梦退霓裳,在季节和人生淅淅沥沥的双秋,我该如何林林总总莫道不消魂的双抢双赢?

今夜,以秋画一个分水岭,过往的生活奋斗如火如荼如酒,今后的岁月悠悠似梦似雾似茶,从激越走向沉静,依稀记起年少时读万卷书行万里路的向往,曾经无暇顾及,现在仍然那么遥不可及,最是寂寞阑珊时,趁眼神正清澈,脚步正矫健,读一点书行一些路,然后一杯清茶一盏青灯一曲轻音乐,挽着红尘烟火,倾听文字歌唱,多好!

秋天,我还会在阳光下流着感动的泪,还会在有风的月光下,晒一晒惆怅,还会青衣白裙长发飘飘素袖临风舞。跋涉在人生的秋天,三五闺中友,茗茶煮青梅,闻着秋的味道,品着岁月的清凉,把秋天的日子,烹成袅袅茶香脉脉诗痕,絮一絮什么恩怨缘、聊一聊什么情仇恨,叹一叹谁又见天荒地老,从此与岁月无疆。

走在秋天,走进秋天,前面的路无任重却道远,跋涉中不轻言寂寞,醇如酒淡如茶,不道天凉好个秋。

第六辑

网事如烟

## 从此，柳如烟

滴答、滴答的钟声，随着起起伏伏的心跳，呼吸着似水流年。

茶一杯，书一本，笔一支，秋日暖暖的午后，阳台密集的阳光，慵懒如我折叠着层层忧伤，欲说还休。

细细的圆珠笔在书间印有一丛丛垂柳的枝条上，反反复复的画着一个字：柳。

所有的心事，缘于今天，一个特别的日子。

三年前的今天，一缕清风，我们邂逅在网络上，一句忍把浮名，换得低斟浅唱的个性签名，你就像千年前的白衣卿相，飘飘然成为我庭前一株逆风飞扬的柳，而居然，你偏偏善于诗工于词，恰恰姓柳。

晨昏暮午，茶余饭后，一有时间我就流连在网上，打开电脑，总会不经意的收到你的小诗，缠绵，多情，透着无边的温暖和浪漫，点点弥散在我眼前，在我脑海。心有千千结，站在黑白键盘，我随着鼠标的挪换，轻轻，柔柔，如梦如幻走进你相思白桦，看见在你庭院深深的盛世欢颜。

两年前的今天，一瓣飞花，我们相会在尘世间，你清瘦挺拔，宛若我江南的书生，我温婉娇俏，玲珑如同你前生的伊人，一个眼神的偶然相碰，撞成了一生的黯然相随。

那一天，我们相约在红绿灯下，遥遥相视的一刹那，那么好，那么巧，你满面春风俊逸飘扬，含情的双目传达着一个漫天的惊喜。而我一看到素未谋面的你，仿佛在哪里见过，竟是如此亲切如此熟悉，我们浅浅笑，轻轻言，一朵错位的情感，灿烂开放在爱情的门外。

一年前的今天，一片落雪，我们放手在红尘里。佛说：前世的五百次回眸，才换得今世的一次擦肩而过。心海阡陌，此生注定我和你，这样的擦肩终究是以错过的姿势，在彼此的世界里无法昂扬。

原来一世倾城的相逢，终究不过是以花开花落的离别收场，生活的轨道，我们不能迷失自己，不能为爱疯狂，喝不下的孟婆汤，走不通的奈何桥，说好来分手，却忍不住眼泪往心里流。从此，相望于江湖，从此，忘记那些浅酌低斟，忘记那些魂魄相依，忘记那些一起走过的红尘烟雨，和所有的琴瑟相和。

今天的今夜，一轮明月，我们相忘在千里外。仰望着有你的地方，走在那些我们经过的地方，我固执找寻你残留的味道，总是一片凄惶满怀凄凉。那些刻于骨融入血的回忆，是睫毛无法承受泪水的重量，即便眼睛不眨，也是潸然泪下。

一年了，一年的时光，再美的思念，无法越过曾经的沧海，无涯的时间，稀释了所有刻骨铭心的浪漫，平淡的生活，把你锁进了灵魂深度的抽屉，岁月的悠悠流逝，繁华殆尽，爱已苍凉。

曾经的故事，清风一缕，飞花一瓣，落雪一片，明月一轮，轮回纠结恰如一场风花雪月。缘起缘灭，缘浓缘淡，江南的柳，栽在了忘川水畔，生生的两端，我们站成了彼岸。

从此，柳如烟，从此，我叫柳如烟。

# 二月春风才剪柳

## 一

一日,有朋友对我说:柳,爱我孝昌,入主昌版吧!我浅浅一笑,入主的意识很模糊很遥远,仿佛是另一个世界的事,与我,则是风马牛不相及。

久在小镇呆着,天天看着灰灰的蓝天,踩着硬硬的水泥路,对着个冷清清的方二荧屏,恁的心烦。那些乍暖还寒的情感,老是蠢蠢欲动,想去找寻春天的气息,心田的沧桑,指尖的流年,都在渴望承受春风的抚慰,趁眼下草长莺飞,不如和春天约个会,踏青去。

一个人游走,有太多寂寥,索性呼朋唤友来到郊外,有河,有岸,有阳光,吹着柔柔的风,嗅着细细的香,采上一朵蒲公英花,碎碎的花粉末,在指尖,在眉梢,轻轻一吹,雾一样飘渺飞散。二月春风才剪柳,嫩嫩的绿,一枝枝,一条条,细如珠密如线,简洁,垂直而静默,我们流连着岸边一棵棵垂柳,迎风摇曳,在我们的眼底,擎起一把把嫩绿的帘,把春天,如期绽放在我们眼前。

喜欢柳的嫩绿,喜欢柳的简洁,更喜欢柳的静默,喜欢,在生活的城堡里,所有去掉了浮华和矫情的岁月。姐儿几个执手闲适的心,走在季节的春天里,红英落尽青梅小,到底是老同学,青涩花季的情谊,一如既往的干净,亲热,纯粹,经得起岁月的漂白。

只是,阡陌红尘,过客匆匆,有多少人可以明白,垂柳只解惹春风,何曾,愿系行人住?

## 二

明月清风当户,朋友间谈笑,我常常一句雷人的口头禅:你们的昌版……每看着朋友被雷的或不以为然,或嘿嘿冷笑,或急咻白眉的小样,我,总笑得没心没肺。

看帖无数,幽思万缕,你为写帖痴,我在灌水狂。任圆玉敲寒,飞觞传晓,自取闲中趣。一切,只是因为,不曾离你很远,不敢靠你太近,昌版,想说爱老虎油,真是不容易。

谁不爱咱家乡美?谁不赞咱故人亲?清晨的第一缕阳光里,每天打开电脑,登录扣扣,忙忙的收完农场的菜,鼠标就会不由自主的点开槐荫,轻松逛昌版,闲适看风云,不知道从什么时候开始,这些习惯,成为我每天的必修课。虽则是学而优则仕,可当朋友再再次盛情邀请,柳于百般纠结中,依然是却之不恭,受之有愧。

小论坛,大社会,寂寞时光指尖流年,多少故事在上演?常常唏嘘看过太多人间悲欢,借我一双慧眼,无论如何也无法预料,我,小小的柳,自在飞花轻似梦,会在3.14这个白色的情人节,如烟一般,懵懂,忐忑,入主孝昌槐荫版。

无心插柳,柳成荫。时也,缘也,命乎?

## 三

既来之则安之。面对各位坛友们的夹道欢迎,理解,支持,鼓励……温暖的话儿让我如沐春风,感动和感激之余,柳,真的很想做个好斑竹!然,柳一直不愿网络与生活混为一谈,虚拟之网络与严峻之现实交融混杂,甚为悲。

柳才疏学浅,行走在文字之间,芬芳满园禅意无限,相信三人行必有我师,所谓朝闻道,夕可死,在工作中学习,也算柳人生幸事一大件。

古人云:无欲则刚。古人还云:王侯将相,宁有种乎?

生活平淡而不易,当我们累了,倦了,哭了,笑了,论坛就是大家心灵的家园;而晨昏暮午,夜深人静,站在黑白键盘上敲打喜乐悲欢,结字成篇时,论坛就是大家倾诉的平台;相识是缘相逢如歌,低闻笑语,醉时冉冉醒时愁,且谈古论今,荧屏天下,论坛就是大家栖息的港湾。柳要做的,就是把大家对人生幸福和感悟的激扬文字,做成链,绣成花,串成珠,编为永远的故事,成为美丽的传说。

营造一个真诚和谐友爱而温馨的论坛人文氛围,是柳最大的追求,推崇以文论文就帖说帖的相互交流和拍砖。海纳百川,尊重文字,理性回帖,不断可以提高自身素养,更能吸引五湖四海的写手,高手来流连忘返,寻找他们的自我价值和心灵陶醉,推陈出新为我们的论坛注入新鲜血液。而这些,需要大家齐心合力,需要真诚,需要关爱,更需要尊重,才不会让柳的愿望,成为画饼充饥,海市蜃楼。

仁者见仁智者见智,以后柳会时不时对那些精华帖进行解读和诠释,届时也会邀请雄如刀客细如暮雨等昌版大佬,来喜闻乐见进行全方位点评,打造论坛畅所欲言的平台,精心炮制厚重人文的文学盛宴。

以文示人,以诚待人,以理服人,期待大家盛情关注涌跃参与,让我们的孝昌版成为真正意义上的花园春天!

四

柳知道,在这座浸润孟宗孝道文明之乡,生活着一群群人,过着平民的小日子,精神在高处。他们,以论坛为家,用文字取暖,在岁月深深浅浅的流逝里,煮酒论剑,纵马江湖。

能够与这样的精英为伍,柳荣幸,更深知责任重大。有压力就有动力。柳,一缕缕,一丝丝,如烟般娇软,瘦怯那禁舞,我相信,给我信任,给我信心,也许一棵小柳,在真情的浇灌下,在友爱的呵护中,最终也会成为:"好大一棵柳!"

一枝不独秀,百花春满园,一如鱼儿离不开水,花儿离不开阳光,没有大家的支持和呵护,柳,永远是小小的柳,什么也不是。

来吧,朋友!婉约写风,豪迈铸骨,醉里挑灯看剑,舞起你的文字来,鄂北花园,期待你秀出别样的风采!

# 闲看云舒云卷,致我们终将逝去的2013

物流,车流,人流,伴着浓浓的年味,2013,已悄然不见。

沿论坛行走,是我每天的日课。泡杯茶,打开网页,我开始浏览槐荫浏览鄂北花园。帖一个接一个的看,新闻、民生、诉求、帮打听……大城小事,嘈嘈切切错杂弹,偶尔还会飘来一点点美妙的风花雪月。一切有条不紊，一切又顺其自然，案牍上敞开的文书，鼠标下缓缓滑动的文字，QQ轻吟的小曲，一杯刚泡好的绿茶，碧绿的茶水，在兹兹冒着热气，这是论坛每天进行的节目，也是我，每天进行的生活——朴素的时光，有音乐，有文字，有槐荫，有闲适的心情，和无人惊扰的闲静。

回顾2013，许多的事，已经漂漂亮亮完成。早春三月，垂柳才吐新蕊，桃花刚绽放娇羞的容颜，"二十年·孝昌"，该有多少翻天覆地的变化？你说，我说，他说，说不尽家乡的小城故事，最美人间四月天，第二届"天翼家园·青春飞扬"有奖征文，相约整个2013的夏天，一起成长，一起火热，一起热热腾腾的怒放。来自家乡的写手，100多篇稿子，诗歌、小说、散文，抑扬的，平淡的，一串串的文字，来自身边的小故事，像一朵朵春天的花盛装绽放。我们逐一阅读，倾听，欣赏，渐渐融入，近距离的感受小城的变迁，身边的风景，心头便遇见一团团火一样的温暖。

在帖中游走，听取民生一片，总有这样那样的天灾人难。关注留守孩童和老人，无钱上学的莘莘学子，罹患白血病的准大学生……九月授衣，名记晓霜的《刚收到录取通知书就被查出患有白血病孝昌白血病男孩求助好心人》一帖激起千层浪，三位版主集体商定，身体力行率先捐款，并发出《组织一下，给张豪一点支撑》的倡议帖，真是一方有难八方支援，孝昌县志愿者联合会、孝昌县义工联纷纷联合爱心企业举办各类爱心义卖会，网友伤心人走家串户组织居民捐款，还有孝昌县城建局墙革办、孝昌县567户外群、桃源社区爱心人士，更有众多的槐荫网友自发捐款……从不同的渠道募捐的善款达30000余元，源源不断送到张豪的病榻前，为张豪的生命送去爱的温暖，点起生的希望。

小到一元，大到一百元，一千元，一万元，那些一张张带着网友体温的人民币,像一粒粒的种子,传递温暖,传递正能量,在浩瀚的论坛里生根、发芽、壮大,直至枝繁叶茂。做这些事情,网友是自发的,是真的,善的,和美的,是大声吼出"爱你一生(2013)"呐喊的!这是论坛的力量,这是网友的支持,这是爱的奉献,正是这一束束爱的光芒,照成生命里明亮的光,无论我们是熟悉还是陌生,无论我们遭遇怎样的平凡和过往,这爱的光芒,势必是燎原的星星之火,会一直在论坛闪耀,一直在网友们心中燃烧,让我们的2013,激情澎湃充满了人间美好的爱和温暖。

  小论坛,大社会,一点一滴汇成生活的河流,涓涓流淌。2013年,我们的鄂北花园再度举办又一届的摄影盛事,一草一木亦含情,见证了家乡的山清水秀。抬手是春,俯首是秋,柴米油盐酱醋茶,行政部门为广大群众办实事,办好事,把政府工作一一落到实处,"双百"评议与我们的生活息息相关,为老百姓提供更好更优良的人性化服务。漫漫人生,我们像一艘艘小船,或逆风而起,或顺风而下,或随波逐浪,各自在自己漫长的岁月里,渐渐沉溺,渐渐读懂,亦渐渐丰盈,那么,总有一些话需要倾诉,有一些事注定了离合悲欢,来,来,来,敲起你的键盘来,只要你的帖够人气,够牛,就很有可能被推选为孝昌版月度牛帖,奖励200元哦,2013年,鄂北花园真正是好戏连台,嗨出精彩来!

  穿越2013,穿越时光,穿越鄂北花园,穿越一个又一个平常日子里的惊喜和感动,我的心事,亦在越来越近的年关里,穿越出一圈又一圈的涟漪。许是阳光充足,飘窗上的几盆水仙花,一溜溜白花黄蕊,早早便在腊月提前节节开放,入秋后随手洒在阳台花盆里的太阳花籽,在寒冷的冬天里也葱郁郁的,前日竟开出了几小朵黄灿灿的花,真真是应了那句"向阳花木早逢春"。花如是,人如是,论坛亦如是,只要给予合宜的环境,湿度和温度,和煦的阳光,是不是花季,都一样样开出美丽的花。

感谢槐荫！感谢网友！感谢来自身边的每一份温暖和感动！2013,正是广大网友对家乡的高度关注和热爱,才让我们的孝昌版风格多样精彩纷呈,拥有深厚的人文和火爆的人气,独步槐荫。论坛很大,我们很小,我是柳如烟,我在这里,和所有的版友一起回顾我们携手共同走过的2013,从一生(13)到一世(14),"聚人气,树正气,促活力",是我们永远的承诺和治版理念。2014,我们依旧低在尘埃,惟愿爱和温暖,在家乡的鄂北花园,开出一朵朵璀璨的花儿。

策马入坛,继往开来。2014,我们来了,亲,你来了吗?

## 龙腾虎跃,向幸福出发

日子,淡淡如水,静静流过。

远行不如当归,这时候,大小车站,早已熙熙攘攘挤满渴望回归的人,有钱没钱,回家过年;这时候,家里家外,全家总动员,早已窗明几净,蓬荜生辉;这时候,妈妈的阳台,也早已忙前忙后挂满了琳琅满目的腊鱼腊肉……

年味,一日浓似一日,在广场高高飘起的彩旗上烈烈欢笑,在孩子捂着耳朵侧身燃放的爆竹声里灿然炸响,在街头巷尾,大家不约而同见着笑着道着过年好, 在满大街飘着挂着的大红灯笼,大红中国结里炫彩……

爆竹声中一岁除,岁末的钟声敲起,来啦来啦,传说中的

2012，一步步怀抱琵琶，终于，精彩纷呈嫣然含笑的来啦。

咫尺论坛，我们相遇，欣喜，珍惜！

光阴，终究公平，加给每个人分分秒秒，让我们渐至本真和纯粹。而纯粹的东西，是自然，是简单，是情不知所起，一往而深。

过去的2011，犹如一行白鹭上青天，指尖流年飘舞在方寸荧屏，谈民生诉民求，风花雪月雕刻时光，随处可见自发的爱心飞扬，一年的收获都装在我们的记忆，一定有些东西，还留在原地，如雪后桀然开放的腊梅，朵朵点点，都是前世的企盼，散发迷人的韵味。

一路有你，原来，是邂逅一道道与众不同的风景。

这一年，相聚论坛激扬文字。闲来煮字，或静默，或倾诉，或对酒高歌，敲打在键盘上的文字，一浪高过一浪，素未谋面的你我，撞击着屏前心有灵犀的真诚，在骨感的现实里，和自己，和他人，和看得见看不见的环境砥砺灵魂，你追我赶，不断的角逐和包容，努力的，温馨的，开心的，进入彼此质感的精神世界，不遗余力把昌版文学推向了一个鼎盛时代。

这一年，大道无垠爱心飞扬。平凡的日子，总有这样那样的伤痛，当受困学子面临失学的危机，当风华正茂的生命即将枯萎，当留守的风景线上仍然点着残年风烛……一方有难八方支援，尽管我们的力量可能薄弱，来自民间自发的一衣，一饭，一元，一微笑，你的一滴水，他人幸福泉，风雨人生，点点滴滴温暖人间。

这一年，齐心协力众志成城。百年银杏情系孝昌人，在一双双魔手光天化日之下，肆无忌惮的伸向我们家乡的古木，有那么一帮论坛人挺身而出，从民间而来，不妥协，不放弃，于无声处听惊雷，不眠不休昼夜守护，排除万难，最终扬眉吐气，把我们源远

流长百年银杏,本土文化之根留住……

三百六十五个日子,花开花落,我们相携相扶,弘扬真善美,一路温暖走过。

时光,一直这样,在一片暖冬的呼声里,从容跨入2012。

凝聚友谊,懂得慈悲,学会感恩,播种善良。2011,雪下的芳草在喊春天,舍得,不舍得,我们都应该放下,龙马精神向幸福出发。

大浪淘尽泥沙,历史的舞台可以褪去2011的岁月,却褪不去我们一路留下的笑语欢声。浓浓的思念与情谊,绵绵的问安和祝福,2012,美好的日子,让我们一起,在指尖,在流年,在心田,与时光共舞一个温暖、灿烂、美好的明天。

裁一分锦绣,许一世祝福,愿你是一朵花,一枝莲,一株松,傲傲开在春天里。站在2012年崭新路口,如烟心底的一句话,柴扉寂寂等了很久很久,终于可以,对你,对他,对自己说:新年快乐!

切切盼望,声声祝福,如约而至迎来了又一度年华的红红火火,2012,龙年的列车准时出发,鄂北花园情深款款,给全县人民拜年,衷心祝愿所有龙的传人,龙腾虎跃过龙年!

## 来来来,如烟和你有个约定

此刻,窗外是旖旎的秋色。

空气里有浮动的尘埃,一粒粒,在秋的光和影里,若飞若扬。

我坐在小小的电脑前,一杯绿茶,一些文字,一派家长里短的风景,一一穿过荧屏,穿越时空,翩翩然,来到我眼前,住进,我的心里。

寂寞流年,倾听着文字如水的清净和纯粹,一些细细的,碎碎的思绪,会不停地在时光里飘着,舞着,恍惚着。

原来啊,我是多么的喜欢,喜欢着这些恍惚的时间。

门前的香樟树,一如既往的绿,暖暖的秋阳下,蓬勃着一片盎然生机。有风拂过时,发出一串串欢快的清吟,似与人,一声声倾诉……等到侧耳细细听来,却,感觉着比昨天更脆,更靓,更情深。

秋天是丰盈的季节,谷子熟了,棉花绽了,花生落了,稻谷熟了,登高望远,低眉处,总会看到有另一个自己,独坐一隅,摩挲一段时光,直面一个过往,零零散散的文字会自心底如花般冉冉,步步生莲。

只是因为在写字的那个刹那,或近或远,或浓或淡,或浅唱或高歌,会不由自主稀释一些心底的惆怅,不安和寂寞。

喜欢一个人与一个人对话。一些很自我的小欢喜、小忧伤、小寂寥,小暗恋,小怯懦……犹如一队队燕子春归时,低低地剪过平静的心湖,婉转轻灵,砥砺灵魂时,总是水不湿,燕不湿,而心里,早已,湿润一片。

闲来煮字,绽放的是自己,感动的,不只是自己,还有你、我、他。

大多数的时候,我们的日子,过的烽火连天,断壁残垣。

生活,平淡而真实,却,往往总是与人的想象,与心的理想,模糊着,纠结着,对立着。浮躁的社会,越来越追求着物质的富足,忽略着灵魂的安息,种种社会弊病使得人们的道德,孝行,亲情,信任和爱,变得如此孱弱和不堪一击。但分明,在你的内心,经年寂寥聚成落魄的海,总会有一些小小的心事,桀骜的,忧郁的,率性的蠢蠢欲动,渴望倾诉。

人,总是渴望倾诉。

而文字,仿佛一根绳子,可以把那些漂浮于尘世间的人或事,捞起,打结,封存在时光不再老去的岁月……

那么,爱着痛着时,请以一颗最自然的心,去从容不迫的书写,去刻画,去镌记一些小小的生活花絮,不冗长,不华美,人生纵然坎坷,生活纵然无奈,那些简单的幸福,也会在合适的温度里,嫣然如莲温暖绽放。

苦难,给人的不应该是绝望,而是一种文字的宣泄,一种,心的力量。

有人说,我是冷冷的,骄傲的,不食烟火;有人说,我喜欢唯美的,伤感的,不染尘埃;更有人抱怨说,我三天打鱼两天晒网,从来没有看过或回过他的帖……

孤帆一片日边来,我,就是我,朴素如简的烟柳。

文字是桥,联系着你,我,他。行走在桥上,我一直目不暇接的看你,看风景,看故事,深怕错过每一瞬。或许,我们只能擦肩而过,而我,就为一个偶然的擦肩,一个拐角的相逢,而等侯,而平心静气的低眉,敛首。

论坛深如水,文字是氧气,我就像一尾简单的鱼,自在,释然的游在坛子里,呼吸在你的文字里,我惊喜的发现,我日渐洗去曾经的忐忑,迷茫和无所适从。朝闻道夕可死,我知道,我一直不断的努力,适应,和靠近,就是为了,为了靠近绿的春来江水美,靠近红的日出江花艳……

或是萋萋旖旎,或是怒向刀丛,谈民生诉民声,一饭一粥都是爱,铁马冰河入梦来,只要是发自心底的好文字,我,都一样满心的欢喜着,欢喜着呀。

我在,或不在,不重要;重要的是,你在,你们在。

你来过,我便聆听到你的声音,听到一树一树花开的声音,亲切着,欣喜着!

尽管你只是路过,一篇洒然的文字,一声淡淡的问候,便让我收获到了春的气息,便相信着世界总是和和美美——因为你来,带来了生机一片,因为你的文字,柔软了时光无限⋯⋯

秋水共长天一色,阳光和煦,风中有醉人的香味,香樟树下淡淡的回忆,日子,总是继续着,一如往日的继续。一花一世界,我正站在与你相逢的路口,期盼着满坛碧绿,看山,绝色,看花,倾城。

九月授衣,我在文字里与你有个约定。这约定,是一个人对一个世界的约定,是真诚,是期待,是

与你,

与他,

与我

不见不散。

## 青春作伴好还乡

日子,总是软软如水,碎碎流过。

一杯茶,一首歌的不经意间,林花早已谢了春红。闲看云卷

静听花落时,很多的时候,我在屏前守候;很多的时候,我不在屏前逗留。日渐萧条痞气的昌版,让人看花满眼泪,见或不见,依旧是看的叹息,不看又惦记,门掩黄昏凭栏问,春归何处,却是,寂寞无行路。

许是近来天干物燥,家乡田野里旷日无法缓解的干旱,终于唧唧复岌岌波及到论坛,一时间竟也硝烟弥漫,潮来潮往,谁的江山马蹄儿声狂乱?闹也好,笑也罢,古今多少事,都付笑谈中,亲不亲故乡人,其实都是兄弟姐妹,大家骨子里浸润的,何尝不是对家乡论坛由衷的热爱?

热爱就够了。关注论坛关爱人生关心朋友,我们能有着共同的热爱,还有什么比这,更叫人欣喜若狂呢?

正是缘于对家乡的热爱,让我们的心灵,有着同船一渡的根。也正因为热爱,醉里挑灯看剑,一切争论和思辨,就有了曲径通幽殊途同归的路。

现世日渐浮华和烦躁,我们每天一睁开眼,就不由自主陷进了柴米油盐。眼前的风景每时都在变迁,柳岸闻莺处一派开发嘈杂,断桥残雪边垃圾横飞,山青水秀间炮灰纷纷……物价见天儿涨成风,入不敷出月光族的所谓现代风月,早已让我们没有了围炉夜话枫桥晚渡的情趣,生活已然如此无奈,我们,更不能迷失在自己心灵的家园。

快乐老师曾经忧心忡忡说:硝烟散去,一片狼藉。流浪的豁子妹,在声声痛惜《我的家乡已无容身之处》,仍念念不忘:同学啊,朋友啊,什么时候,才能欢聚一堂?能够这样对论坛看着,怨着,痛着,说明他们对论坛一往情深在爱着。所有这些,让我更有理由相信:大多数的人是和我有着一样的想法,身在纷扰红尘,任诸事烦心,也会让子弹飞一会儿,即便面对生活的狰狞和残酷,仍然无限向往着绿树窗前栽,诗书手中执的情怀。

不畏浮云遮望眼,平淡如水的日子,多么需要一颗诗情画意的心。想起那个靠一个篮球扬名世界的美国人乔丹,对记者采访他退休后渴望做什么如是说:想去看看小草如何生长。多么震撼人心的话,这个世界,从来不缺静美和祥和,我们只是少了看小草如何生长的心态。眼下寡淡的论坛,虽然明天不一定美好,如果人人文明上网,理智回帖,像小草一样自强生长,不求美化别人,记着绿化自己,那么,美好的明天,一定会来到。

一个好的论坛,空气里氤氲的是爱和关怀。生命原是一朵花开的时间,短暂而灿烂,不抛弃,不放弃,我们应该随手关上身后的门,学会把痛苦和不幸剥离。纵使过着草根一样艰难的日子,也总有一些人,一些事,让我们无法泯灭憧憬的天性。论坛水深,文字如歌,架起座座桥,可以投枪如匕首,可以寄情于风月……我相信,那些生活的真善美,一定会在我们的笔下,绽放一份份春暖花开的心情。

有道是君子如水,随方就圆,无处不自在。铁打的槐荫流水的ID,相逢一笑已是千年情缘,何必问缘浅缘深!忙碌的生活之余,闲来煮字,醉卧红尘,你一声问候,就饱满了我沉寂的孤独。等到风景都看透,炉旁打盹,记下诗首首,一生回忆,温暖的时光里听着一树一树花开的声音。

那么,槐花香五月,明媚艳阳天,新朋和旧友,一支笔,一生情,花瓣落地笑有声,青春作伴好还乡!

# 网事如烟

如果你欣赏 TA，去推 TA 做版主，天堂有路，炼不死个 TA；
如果你憎恨 TA，去推 TA 做版主，地狱无门，累不死个 TA。
——题记，一语成谶，写在版主二周年之际

## 1

不知不觉，两年了。

两周年。两周年的时间，说长不长，说短，不短。

恍恍惚惚，才一个转身，桃红，柳绿，春天的花儿又次第开放，来不及去看的映山红，想来已在岭上花开荼靡吧？

网事，不如烟。方寸屏前，你在那端，我在这端，时光的列车驶过论坛的驿站，走着，走着，一些人，和一些事，很多已经改变，很多，仍在彼此指尖和心田流连……

## 2

随着清明的到来，是梅雨季节。

一霎儿晴，一霎儿风，一霎儿雨，仿佛一夜之间，姹紫嫣红就铺上了春天的绿地毯，空旷高远的天空下，湿润的空气，清新如孩子的脸，每一个物事，都欣欣然挂上湿漉漉的故事。

行走在文字的边缘,一望无际的帖子,嬉笑怒骂,如同三月间恣肆开放着大片大片的油菜花,金黄,绚烂,平平淡淡,充满柴米油盐的烟火味和人情味,一一绕在我们指尖,缠在心田,是多么的弥足珍贵。

无事时上网,有事时上网,无事、有事皆上网。

正如一资深童鞋说:我不上网,就在上网的路上。

听家长里短,看草长莺飞,逛槐荫成为了我们很多孝昌人每天打开电脑浏览的习惯,看帖,评帖,回帖,灌个不亦乐乎的水,俯仰可拾的是心情,是真情,是来自低处的生活和温情。

本土的,外乡的,和本土的客居在外乡的,来来往往,雾里看花一拨儿一拨儿的人,因为热爱,熙熙攘攘相聚在论坛的同一屋檐下。在高楼林立的水泥森林里,与你,与我,与在外的众多游子,还有一块能够栖息的心灵港湾,想一想,都是无比的温暖。

我知道,我是一棵小小柳,注定了这一生的宿命,便是从春天开始,枝枝叶叶,蹒蹒跚跚,蔫一蔫,是为了在每一缕春风里,能够与你不期而遇;我知道,认识你是一种缘,人生会有N个两年,天下,却没有不散的筵席;我知道,我就是我,是颜色不一样的烟柳,固执的心,始终相信走在一起是缘分,一起走着,是福分。

知堂先生说:凡我住过的地方,都是故乡。

这样的话,念一念,都是一派温馨弥漫。

3

站在这舞台,从没幻想掌声响起来。

很多时候,我都是一个人默默坐在屏前,看着鄂北花园,移动的鼠标,有心的,小心的,欢心的,——游览着你的小烦恼,小惆怅,小故事和小欢喜……文字只渡有缘人,那些来自心灵深处的小共鸣,会润物细无声的,悄悄然,由你心生,由我心止。

孝昌版作为地方版块,民生无小事,当仁不让是更多的帖子来自社会底层,或针砭时事、或消费维权、或讨薪求援、或爱心飞扬……家乡的小城,有说不尽的故事,只要你有礼有节,不违公序良德,吐吐槽,解解乏,从不刻意追求某一种声音的存在,是我不懈的追求和期盼。

百花齐放百家争鸣,若你不懂我的真诚,请懂我的原则。

光阴,如刀一般,却并不足够锋利到剥除人和人之间的伪装。有些人,有些文字,有时候会蜿蜒如一条修炼多年的蛇,在最不设防的时候咬人一口,然后高高的昂着无辜的头,如正义战士巍巍然将某个"真理"举起……只是,每个人有每个人的判断,每个人有每个人的人生观,说长道短,"三人成市虎"也许是论坛特色,却永远成为不了谁的传说。

日子久了,才能见人心。

认可我的人,不用解释;不认可我的人,解释也无用。

站在落地窗前,任午后温暖的阳光洒满心田,听着小曲,看云舒云卷,一介版主的虚拟身份,屏那边的你,不论是喜欢的牙痒痒,还是恨得牙痒痒,都无关痛痒,不会让我的生活失去固有的闲适,散了清雅。

你方唱罢我登场,这世间,来来去去种种必将成空。褪尽人为的烟雾弹,我相信,水落,石出,时光会渐渐浮起一个简单的近乎天真得很二的我,一些人会知道,曾经对我种种的猜疑和怨愤,却原来,只是莫须有。

散去繁华,只愿你能看得见,那个简单的我。

论坛亦有四季,冷暖自知。或雨,或晴,因为热爱,我用的是心,不是心机。

4

坛友,就像春天里一场场花事,热烈,奔放,一个个色彩斑斓,耀眼而来。

每一个 ID 的背后,是独立的个体,独立的思维,和独立的灵魂。

我尊重 ID,尊重文字,尊重所有论坛里游走着各界精英,你在和不在,说或不说,我都看得见你的浅笑,低眉,和刹那间光阴交织着的流年似水。

如果说论坛轮回,真的是一场何处不相逢的春天,那么,我情愿,我就是这春天里,开的最平淡无奇的那一朵朵蒲公英——只为论坛的健康和繁荣,努力的花开一季,向上,向着阳光,向着生活,撑着一朵朵美丽的小伞,每一朵都开的无欲无求,散的问心无愧。

时间,证明着一切。

每个人,都有着一季属于自己花开美丽的情怀和际遇。

花开花落,论坛有数不尽的江湖,弱水三千,我只执手我的简单与平和。

5

人说,论坛是一部神奇的魔法书。

小善无涯,大爱无疆,每个人,才是自己一生的魔法师。

或悲，或喜，每天不经意的打开槐荫，迎面而来虚拟世界的繁华，璀璨，和东家长西家短，纷纷扰扰，令人目不暇接。看着，看着，华灯初上，轻轻合上书，魔法还是魔法，我一厢情愿的认为：我还是我，你，还是你么。

明天的太阳，依旧灿烂升起，阡陌红尘，没有什么能够永远。

网事，如烟，终究——散去……

# 后　记

生活不易。人,要有个爱好,与之抗衡。

大部分空闲时间,我爱翻书,爱翻闲书,是那种不拘形式乱翻,只要触手可及,随意拿起一本书,再不拘哪一页看进去,小半天的时间,不知不觉过去,那些沉浸在故纸堆里的小日子,慢慢氤氲着墨气书香。最开始,生活铁马冰河,总有些情绪无处可逃,我尝试着写一些小文字,尝试着安安静静与自己对话,再与生活妥协,和解,尝试着在人生废墟中,倔强成铁,又安然向暖。

这一试,就是十数年,随性,恣肆,不刻意,文字成为我心灵的一个出口。断断续续的小文字,柴米油盐酱醋茶,絮絮叨叨,零零碎碎,记录过往那些热闹里的小寂寥,和寂寥里的小热闹,小众,小资,亦小我,在自我视界里,见证我一路走来的酸甜苦辣。杨绛先生说:"有时候,我们不得不坚强,于是乎,假装坚强,就真的越来越坚强"。我在自己的文字里,以阳光,温暖,积极向上,甚至唯美的笔触,一个劲写生活里遇见的那些小确幸,写着,写着,生活已然晒我一脸阳光,变成自己喜欢的样子,岁月静好。

人生不如意事十之八九,何况平凡如我,经历着属于我的经历,那些年的颠沛流离,没有人会感同身受,所幸老天爷眷顾,爱恨情嗔,赋予我独一份。从来文字渡着有缘人,木心说:"文学是一个字一个字的救出自己",平淡的日子,如水一样流淌,无数个痛哭流涕的夜晚,渐一番儿风,渐一番儿雨,渐一番儿凉,说真

的,我的文字拯救了我自己,任尔东南西北风,不张扬,不迷茫,一任内心的纯粹和淡然日渐丰盈,日复一日在我的文字里盘桓,呈现不一样的风景。回味小半生,一切得与失,繁华富贵,皆成过眼烟云,往事已矣,唯有告别。是以,我归纳了那些不起眼的小文字,结集出版了这本《自由行走的油菜花》,以油菜花的平凡自喻,籍以行走的姿态,随性自在,聊作纪念那些年走过的红尘岁月。

其实,人生是一场修行,而文字,一步步带我们抵达灵魂,成为更好更快乐的自己。样书寄回,我再一次从头读起,字里行间,拈花笑,对月吟,小桥流水炊烟起,曾经的迷茫、忐忑、焦虑、和崩溃,皆浑然不见,所有文字蓬勃勃的,展现我既安居,又乐业,不卑不亢的生活。感谢一路上文友们的帮助和支持!感谢编辑们的用心和辛苦!让我终于得偿所愿,欣欣然与过去的我握手言欢,遇见不一样的自己。都说行万里路,读万卷书,不过是为了最终找到一条走回内心的路,我知道我的文字绵软,渺小,微若尘埃,最好的价值,不在文字,而在文字里,不断遇见自己,审视自己,修炼自己,最后能够从容不迫,微笑与世界温柔相待。

余生太长,我在路上。愿手边有茶,身边有你,来我的文字里,与你喁喁叙家常。